GTB
Gütersloher Taschenbücher
834

Michael Höhn

Kein Bock auf Reli?

Kleines ABC
zu Leben und Glauben
für junge Leute

Gütersloher Verlagshaus

Originalausgabe

Die Deutsche Bibliothek – CIP-Einheitsaufnahme

Höhn, Michael:
Kein Bock auf Reli? : Kleines ABC zu Leben und Glauben für junge Leute / Michael Höhn. – Orig.-Ausg. – Gütersloh : Gütersloher Verl.-Haus, 1993
(Gütersloher Taschenbücher; 834)
ISBN 3-579-00834-X
NE: HST; GT

ISBN 3-579-00834-x

Umschlaggestaltung: Dieter Rehder, Kelmis/Belgien, unter Verwendung eines Cartoons von Friedel Steinmann, Essen
Satzherstellung: ICS Communikations-Service GmbH, Bergisch Gladbach
Druck und Bindung: Clausen & Bosse, Leck

Gedruckt auf chlorfrei gebleichtem Werkdruckpapier

Printed in Germany

Inhalt

☞ Vorbemerkung

Seit 1979 erteile ich als Berufsschulpfarrer an den Beruflichen Schulen in Gummersbach-Dieringhausen evangelischen Religionsunterricht.

An dieser Schule werden wöchentlich rund 3500 Schülerinnen und Schüler in den verschiedenen Schulformen unterrichtet und auf ihren Beruf vorbereitet. Etwa die Hälfte von ihnen nimmt auch am Fach Religion teil.

Als ich nach acht Jahren Gemeindepfarramt in die Berufsschule wechselte, war ich von einem älteren Kollegen gewarnt worden:

»Religionsunterricht in der Berufsschule das ist so etwas wie Arbeit im ›**Steinbruch Gottes**‹ – harte Knochenarbeit für uns Leute aus der Kirche.«

Zugegeben – Religionsunterricht an der Berufsschule ist kein »leichter Job«. Ich finde aber, es ist einer der aufregendsten und schönsten Berufe, die ich mir vorstellen kann.

In diesen vierzehn Jahren Zusammenarbeit mit mehr als 5000 jungen Leuten, die zu etwa neunzig Prozent mit der institutionellen Kirche nichts mehr zu tun haben, ging es bei mir selber und bei »meinen Klassen« mehr als einmal um die Frage: *»Kein Bock auf Reli?«*

Und dann heißt es Rede und Antwort stehen. Gefragt sind nicht langatmige »fromme Sprüche«, sondern möglichst treffende und vor allem glaubwürdige Auskünfte.

Die **Stichwörter** des nun folgenden ABCs sind alle in unserem Religionsunterricht gefallen.

Von vornherein ist klar, daß die Auswahl dieser Stichwörter persönlich gefärbt ist. Natürlich ist es auch nur selten möglich, das Stichwort auf einer knappen Seite umfassend und zufriedenstellend »abzuhandeln«. Ich erläutere meine Stichwörter in einem Dreierschritt: Nach einer »Fallgeschichte«, die das Thema anreißt, wird das Stichwort allgemein erklärt und schließlich auf seinem christlichen Hintergrund interpretiert.

Ein Stichwort – so las ich es im Deutschen Wörterbuch der Gebrüder Grimm – ist ein »zu bestimmtem zweck aus einem zusammenhang oder einer reihe herausgegriffenes (›gestochenes‹) wort . . . aus einer lehre oder meinung werden charakteristische sentenzen oder begriffe herausgestellt, ›schlagwort, losung, motto‹ . . .«

Es hat aber seit Ende des 18. Jahrhunderts auch die Bedeutung eines Schlußwortes »in der rede eines schauspielers als signal für das auftreten oder den redebeginn eines andern«.

Ich begreife die nun folgenden Stichwörter als Signale, die – nicht nur – junge Leute hören und verstehen, um dann ihrerseits mit dem Nachdenken, Reden und Handeln fortzufahren.

Im März 1993 *Michael Höhn*

Aberglaube

In einer Klasse, in der mehrere Schüler davon überzeugt waren, daß es Geister gibt, die in Gläsern ihr Unwesen treiben, habe ich vor einiger Zeit einen »Versuch« gemacht: Ich habe mir eine Cola-Flasche geben lassen, dazu einen Groschen. Unauffällig habe ich mit ein bißchen Spucke den Flaschenrand angefeuchtet und mit dem Groschen die Flasche verschlossen.

Danach habe ich die Flasche vor mir auf dem Tisch mit beiden Händen umfaßt und dazu beschwörend gemurmelt: »Geist, wenn du in der Flasche bist, dann komm heraus und gib uns eine Antwort auf alle unsere Fragen!«

Nach wenigen Sekunden begann der Groschen sich klopfend auf dem Flaschenrand zu heben und zu senken. Das Ticktick-tick ließ einige Schüler sehr ängstlich gucken. Andere lachten. Nur ein paar wußten genau zu sagen, warum der »Geist aus der Flasche« klopfte. Du auch?

Im *Aberglauben* werden Reste frühzeitlich religiösen Denkens bewahrt, in denen ein magischer Zusammenhang aller Dinge angenommen wird. Diese magische Weltsicht sieht ringsum übernatürliche Kräfte wirken, weil sie natürliche Ursachen nicht zu erkennen vermag oder aber nicht wahrhaben will.

Im lateinischen Wort für Aberglaube – superstitio – schwingt etwas von Wahn und Furcht mit; das griechische Wort – deisdidaimonia – drückt die Angst vor Göttern aus. Im deutschen Sprachraum ist das Wort Aberglaube seit dem 15. Jahrhundert bekannt. Das mittelhochdeutsche »aber« bedeutet soviel wie »gegen« oder »wider«.

Mit diesem Gegen-Glauben bezeichnet die christliche Kirche religiöse Vorstellungen, die über die Lehren der Kirche hinaus und auch im bewußten Gegensatz dazu geheimen Naturmächten und magischen Kräften verpflichtet sind.

Die Grenze zwischen *Aberglauben* und *Glauben* ist nicht klar zu ziehen. Sie hängt davon ab, welchen Standpunkt man in der Frage des Glaubens einnimmt. In der Verfolgung von Aberglauben (Hexenprozesse, Inquisition) hat die christliche Kirche viel Schuld auf sich geladen.

Abschied

Karin (17) sagte, daß ihr der Abschied von der besten Freundin, die mit ihren Eltern nach Australien ausgewandert ist, besonders schwer gefallen sei.

In dem folgenden Lied finde ich die Erfahrung des endgültigen Abschieds besonders eindrucksvoll beschrieben:

Irgendwann

Irgendwann siehst du zum letzten Mal Schnee,
irgendwann trinkst du den letzten Kaffee,
streichelst den Hund, tanzt durch den Saal,
alles, alles gibt's ein letztes Mal.

Irgendwann schmeckst du zum letzten Mal Brot,
schwimmst du im See und betrachtest ein Boot,
winkst einem Kind, gehst durch ein Tal,
alles, alles gibt's ein letztes Mal.

Irgendwann hörst du die letzte Musik,
wirst du umarmt und erhaschst einen Blick,
liest einen Brief, schreibst eine Zahl,
alles, alles gibt's ein letztes Mal.

Irgendwann heißt, es kann morgen geschehn
und daß wir uns heut das letzte Mal sehn.
Drum, was du erlebst, erleb es total,
denn alles, alles gibt's ein letztes Mal.
Alles, alles gibt's ein letztes Mal.

Gerhard Schöne

Wir sprechen öfter über Erlebnisse, die wir niemals vergessen. Traurige sind ebenso darunter wie freudige. Erstaunlicherweise – so stellen wir fest – bleiben die »schlimmen« Erfahrungen offenbar besser im Gedächtnis haften als die angenehmen. Das *Abschiednehmen* gehört zu den schmerzhaftesten Erlebnissen. Immer wieder müssen wir in unserem Leben Abschied nehmen, kleinen und großen Abschied. Er ist aus dem Leben eines Menschen nicht wegzudenken. Im Abschied spüren wir die Grenzen unseres Lebens. Er ist ein Stück »kleiner Tod«.

Auch Jesus blieb der Schmerz des *Abschiednehmens* nicht erspart. Als er sich nach dem Abendmahl mit seinen Freunden in den Garten Gethsemane zurückzieht, um vor seiner Gefangennahme zu beten, fängt er an zu trauern und zu klagen: *»Meine Seele ist betrübt bis an den Tod.«* Er weiß, die Stunde des Abschieds und des Todes steht unmittelbar bevor.

Abtreibung

»Darf ich gehen?« Angelika (17) stand mit Tränen in den Augen vor mir. Sie wollte in dieser Religionsstunde zum Thema Abtreibung nicht dabei sein. Vor der Tür sagte sie mir schluchzend, daß ihre Eltern sie vor über einem Jahr gezwungen hätten, bei einem befreundeten Arzt eine Abtreibung vornehmen zu lassen. Ihr damals 19jähriger Freund und sie selber hätten das Kind gewollt. »Irgendwie wäre es schon gegangen, obwohl ich erst fünfzehn war. Seit der Zeit werde ich nachts schreiend wach, weil mein totes Kind vor mir steht.«

Zur Frage der *Abtreibung* (= Schwangerschaftsabbruch) gibt es sehr unterschiedliche Meinungen. Dabei sind verschiedene Gesichtspunkte – medizinische, religiöse, rechtliche, persönliche und gesellschaftliche Aspekte – zu berücksichtigen.

In der Bundesrepublik Deutschland wird ein Schwangerschaftsabbruch unter bestimmten Voraussetzungen nicht bestraft:

a) medizinische Indikation (= Voraussetzung)	wenn Gefahr für das Leben oder die Gesundheit der werdenden Mutter besteht
b) eugenische Indikation	wenn befürchtet wird, daß das werdende Kind erblich oder durch vorgeburtliche Einflüsse geschädigt ist
c) psychiatrische Indikation	wenn durch Schwangerschaft oder Geburt der seelische Zustand der Schwangeren beeinträchtigt wird

d) kriminologische Indikation	wenn eine Straftat vorausgegangen ist wie z. B. eine Vergewaltigung
e) soziale Indikation	wenn eine Notlage abgewendet werden soll.

An diesen Merkmalen wird deutlich, wie wichtig es ist, sich nicht nur auf Paragraphen (wie den § 218, der Abtreibung unter Strafe stellt) zu stützen, sondern sein Gewissen zu bilden und zu schärfen. Denn selbst wenn ein Abbruch straffrei ist, ist er damit zugleich auch angebracht? Was wäre für Angelika besser gewesen?

Könnte der Maßstab des fünften Gebotes *Du sollst nicht töten* hier hilfreich sein? Wenn meine Schüler mich nach meiner Meinung fragen, hier ist sie: Ich persönlich bin nur in Ausnahmefällen für Abtreibung, weil ich glaube, daß unser Gott das Leben liebt. Aber ich bin zugleich dagegen, daß Frauen bestraft werden, wenn sie sich dazu gezwungen sehen, das in ihnen wachsende Leben abzulehnen.

☞ Adam

»Die Bibel ist doch nichts anderes als ein Märchenbuch. Denken Sie doch bloß mal an die Geschichte von Adam. Gott soll den aus Lehm gemacht haben. So ein Quatsch!« Oliver (16) war richtig wütend, weil ich die Bibel als ein wichtiges Buch bezeichnet hatte. Als er sich beruhigt hatte, holte ich die Bibel aus dem Schrank und bat ihn, den folgenden Vers laut vorzulesen:

»Da machte Gott der Herr den Menschen aus Erde vom Acker und blies ihm den Odem des Lebens in seine Nase. Und so ward der Mensch ein lebendiges Wesen.« (1 Mose 2,7)

»Blödsinn«, sagte Oliver herausfordernd, und die Klasse lachte zustimmend. »Der Mensch ist nicht aus Dreck gemacht. Der stammt vom Affen ab. Wußten Sie das nicht?« »Gut«, antwortete ich, »nehmen wir an, es ist so. Verfolgen wir die Spur rückwärts: Woher kommt der Affe? Woher kommen die Tiere? Woher kommt das Leben überhaupt? Woher stammt die DNS-Spirale, der erste Eiweißbaustein des Lebens, von dem die Biologen vermuten, daß er vor ungefähr vier Milliarden Jahren auf der erkalteten Erde plötzlich da war?«

Achselzucken in der Runde. Wir kamen dann gemeinsam darauf, daß es für den Beginn des Lebens nur zwei Möglichkeiten gibt: entweder ich glaube, daß die Entstehung des Lebens Zufall ist oder eine gewollte, sinnvolle Schöpfung. Wissen kann das keiner. Das letztere will die Bibel sagen.

»Und was bedeutet es, wenn Gott den Adam aus Erde formt?« Ich ließ nicht locker. Einer fand es heraus: »Wir Menschen sind ein Teil der Erde. Das sagt doch auch der alte Indianerhäuptling Seattle: Was ihr der Erde antut – z. B. mit der Umweltzerstörung –, das tut ihr euch selber an.«

Danach gab es keine Einwände mehr, als ich die Bibel ein sehr modernes Buch nannte.

Adam bedeutet ursprünglich Mensch oder Menschheit. Das hebräische *Adamah* ist die Erde, der Ackerboden. Im 1. Buch Mose gibt es gleich zwei Berichte über die Erschaffung des Menschen. Im ersten wird erzählt, daß Gott Mann und Frau am sechsten Tag der Schöpfung geschaffen und zu Herrschern über die Schöpfung eingesetzt hat (1 Mose 1,26–30). Im zweiten wird zunächst Adam geschaffen (s. o.) und dann – aus einer seiner Rippen – Eva (1 Mose 2,7ff.).

Der Apostel Paulus nennt Jesus später den neuen Adam, den neuen Menschen, den jeder Christ »anziehen« soll (z. B. Röm 5,14).

AIDS

Tanja (16) erzählte mir vertraulich, daß ihr Bruder Fred seit drei Jahren mit einem Mann zusammenlebt. Kürzlich habe der erfahren, daß er an AIDS erkrankt sei. Fred pflegt nun den kranken Freund. Tanja ist völlig verzweifelt, weil sie nicht weiß, wie sie sich jetzt verhalten soll. Ihre Eltern haben eine kleine Gaststätte in einem Dorf bei G. Sie wissen noch nichts von Freds Freund und dessen Erkrankung. Soll sie es den Eltern mitteilen? Was werden die Gäste sagen, wenn sie eines Tages davon hören? »Die Leute haben doch alle Angst vor AIDS«, sagt Tanja.

AIDS ist eine Abkürzung und steht für Acquired Immune Deficiency Syndrome. Auf deutsch: erworbenes Immundefektsyndrom. Das bedeutet, daß verschiedene Zellen im Blut eines Menschen, die für die Abwehr von Krankheiten zuständig sind, nicht mehr arbeiten. *AIDS* wird durch einen Virus hervorgerufen, der wissenschaftlich HIV-Virus (Human Immunodeficiency Virus = menschliches Immundefekt-Virus) genannt wird. Er befällt bestimmte weiße Blutkörperchen, die besonders wichtig sind für die Abwehr von Krankheitserregern. *AIDS* ist noch nicht heilbar.

AIDS holt man sich vor allem durch Geschlechtsverkehr mit infizierten Menschen oder durch das gemeinsame Benutzen von

Spritzen bei Fixern. Auch Babys können durch ihre aidskranke Mutter während der Schwangerschaft oder durch das Stillen angesteckt werden. Nur noch in Ausnahmefällen bekommt man *AIDS* durch Blutübertragungen, weil die Blutkonserven überprüft werden.

Nur wer sexuell treu oder enthaltsam lebt, ist vor *AIDS* sicher. Es gibt aber Möglichkeiten, sich vor Ansteckung zu schützen, wie *safer sex* (u. a. Geschlechtsverkehr mit Kondomen).

Meinen Schülern lese ich dazu gern aus dem Brief eines Pfarrerkollegen zum Thema *AIDS* vor:

Was würde Jesus zu *AIDS* sagen? Was würde er tun? Wer mit dieser Frage das neue Testament durchblättert, wird die Antwort bald finden. Ich glaube, Jesu Worte wären: »Wenn du hörst, daß ein Mensch *AIDS* hat, dann geh hin in sein Haus, sprich mit ihm, iß mit ihm und werde ihm sein Nächster.«

Auch zu seinen Zeiten gab es schlimme Krankheiten. Eine der furchtbarsten war Aussatz, heute sagen wir: Lepra. (...) Gewiß ist niemand von uns wie der Herr selbst, und unsere kleinen Schritte in seiner Nachfolge gehen wir auf unsicheren Füßen. Aber Jesus hat den Blick seiner Jünger und den Weg ihrer Füße immer wieder zu den Kranken, den Ausgestoßenen und zu den Verzweifelten gelenkt. (...) (Hans-Joachim Albrecht)

Angst

Ein 15jähriges Mädchen erzählt, wovor sie Angst hatte und wie sie die Angst überwunden hat:

»Ich habe sehr große Angst davor, einen Menschen zu verlieren, den ich sehr mag. Das gab es bis jetzt erst einmal, und das war ungefähr vor einem Jahr, als mein Freund einen Unfall hatte. Da sah es um ihn in den ersten Stunden sehr kritisch aus mit seinem Leben. Die Angst, ihn zu verlieren, habe ich in dieser Zeit nie richtig überwunden. Ich habe mir nur immer eingeredet, daß er es schaffen wird. Und so war es.«

Die Psychoanalyse (ein Verfahren zur Untersuchung und Behandlung seelischer Störungen) hat – nach Sigmund Freud – *Angst* in drei »Arten« eingeteilt:

Real- oder Objektangst
Wir bezeichnen sie häufig auch als Furcht: Ein Mensch hat Angst vor einer tatsächlichen Gefahr (z. B. Autounfall, Krieg, Kernkraft, Hunger).

Er versucht, sich so zu verhalten, daß er die Gefahr meidet oder wenigstens die Gefahr verringert. Diese Art von Angst ist nötig, um zu überleben.

Neurotische Angst
Sie wird von innen heraus durch das »Ich« hervorgerufen. Menschen mit einer solchen Angst wollen auf diese Weise schon ganz frühzeitig – bevor die angstmachende Sache überhaupt eingetreten ist – auf die mögliche Gefahr vorbereitet sein. In ihrer Phantasie stellen sie sich häufig die Dinge viel schlimmer vor, als sie später tatsächlich ablaufen.

Moral- oder Schuldangst
Diese Angst führt Freud auf übermächtige Anforderungen des sogenannten Über-Ichs zurück (z. B. »Der liebe Gott sieht alles. Er bestraft auch deine heimlichen Vergehen.«). Ein Mensch, der Angst hat, daß er durch Liebesverlust bestraft wird (»Wenn du das tust, habe ich dich nicht mehr lieb!«), kann solche Moral- oder Schuldangst bekommen.

Häufig kommen diese drei Formen der Angst »gemischt« vor und verstärken so den inneren Angstzustand des Menschen.

»Ich bin nichts wert« – ist wahrscheinlich eine der schlimmsten *Ängste,* die ein Mensch haben kann. Vielleicht hilft ihm, wenn er – durch Menschen – erfährt, daß Gott ihn liebt, so wie er ist – als einen ganz besonderen Menschen, den es nur einmal gibt und dessen Leben wertvoll ist.

Asyl

An der Wand unseres Unterrichtsraums hängt seit ein paar Wochen eine kleine schwarz-weiße Kinderzeichnung: Auf einem altersschwachen Esel reitet eine Frau. In ihren Armen hält sie ein Kind fest an sich gedrückt. Der Mann, der den Esel führt, geht wie unter einer schweren Last. Unter dem Plakat ist zu lesen: »Jesus war Asylant – Mt 2,13–15 – würden wir ihm Asyl geben?«

Mitten in einer unserer »heißen« Diskussionen zum Thema »Fremde unter uns«, deutet ein Schüler unerwartet auf dieses Plakat. »Stimmt doch gar nicht«, sagt er beinahe wütend.

»Jesus war nie und nimmer Asylant. Das haben Sie bloß erfunden, um uns zu provozieren.«

Das ist mein Stichwort. Ich erzähle die Geschichte von der Flucht der Familie Jesu nach Ägypten, stelle ihnen plastisch vor Augen, wie der mächtige König Herodes vor dem neugeborenen Jesus Angst hat. Wie Vater Joseph im Traum erfährt, daß der ängstliche Herrscher Herodes alle Kinder töten will. Und wie sie deshalb nachts aus Palästina nach Ägypten fliehen und dort Schutz finden, bis Herodes tot ist.

Die meisten Schüler hören gespannt zu. »Das habe ich gar nicht gewußt«, sagt der junge Mann schließlich. Und erstaunlicherweise ist in der Klasse das Klima in dieser Stunde nun so, daß wir angemessen über das Thema Fremde reden können.

Kürzlich habe ich mir das Plakat noch einmal aus der Nähe angesehen. Erschreckt las ich unter der Frage: »Würden wir ihm Asyl geben?« die handgeschriebene Bemerkung: »Jesus ja, aber die anderen müssen draußen bleiben. Kanaken raus, Kanaken raus. Deutschland den Deutschen.«

Ich werde die Äußerungen stehen lassen. Ich glaube, Jesus wird sie ertragen können. Aber ich habe einen Spruch danebengehängt:

»Wir haben gelernt, wie die Vögel zu fliegen und wie die Fische zu schwimmen. Aber wir haben die einfache Kunst nicht erlernt, als Brüder und Schwestern zu leben.«

Diese Verse stammen von dem schwarzen Baptistenpfarrer Martin Luther King. Ihn hat man ermordet, weil er mutig für die Rechte seiner schwarzen Mitbürger eingetreten ist.

Asyl, griech.: Freistätte, Zufluchtsort für Verfolgte

Grundgesetz Art. 16,2: »Politisch Verfolgte genießen Asylrecht.«

Allgemeine Erklärung der Menschenrechte Art. 14: »Jeder Mensch hat das Recht, in anderen Ländern vor Verfolgungen Asyl zu suchen und zu genießen.«

Die Bibel:
»Du sollst den Fremdling lieben wie dich selbst.«
»Der Herr hat die Fremdlinge lieb.« (5 Mose 10,18)
»Verflucht sei, wer das Recht des Fremdlings beugt.«
(5 Mose 27,19)

Auferstehung

»Glauben Sie nicht, daß man das leere Grab von Jesus hätte fotografieren können?« Die Frage von Richard (17) überraschte mich nicht sehr. Er kommt aus einer streng freikirchlichen Familie, die erst vor wenigen Jahren aus Kasachstan nach Deutschland gekommen ist. Sie sind in einer Gemeinde zu Hause, die die Bibel wortwörtlich für wahr hält. Kein Punkt darf verrückt, kein Komma verschoben werden. Es ging – so kurz nach den Osterferien – um die schwierige Frage der Auferstehung Jesu und der Auferstehung von den Toten.

Einige aus der Klasse hielten das Ganze sowieso für einen Bluff: »Wer tot ist, ist tot und aus. Das ist bei allen Menschen so. Vielleicht haben die Jünger den Leichnam von Jesus ja gestohlen.«

Andere interessierte die Frage nicht. Und wieder andere hatten noch ein paar Brocken aus ihrem Konfirmandenunterricht im Kopf. »Das ist wie mit dem Weizenkorn«, sagte einer. »Das wird in die Erde gelegt. Es kommt aber ganz anders heraus – als Pflanze. Bei Tieren und beim Menschen kommen wieder unterschiedliche Gestalten heraus.«

Auf die zugespitzte Frage von Richard nach dem Foto vom leeren Grab Jesu, habe ich übrigens geantwortet: Ich glaube nicht, daß man auf dem Foto ein leeres Grab hätte sehen können.

Das Neue Testament spricht davon, daß ein Mensch, der glaubt, schon jetzt – also zu Lebzeiten – ewiges Leben hat und *»aus dem Tod ins Leben hinübergeschritten«* ist (Joh 5,24).

Ewiges Leben oder *Auferstehung* sind Begriffe für das Glück, das sich jeder Mensch sehnlichst wünscht, aber aus eigener Anstrengung nicht bekommen kann. Dieses Glück besteht aus einer unzerstörbaren Gemeinschaft mit Gott, (Röm 8,31–39) die stärker ist als der Tod.

Ich persönlich sage das gern in einem Bild: Ich glaube, daß ich im Leben wie im Tod in Gottes Hand bin.

Zur Auferstehung Jesu von den Toten sagt Willi Marxsen (Theologe) zugespitzt: *»Die Sache Jesu geht weiter.«*

Und die Theologin Dorothee Sölle meint: *»Für mich ist immer noch die einfachste . . . nichtwunderhafte Formulierung der Auferstehung zu sagen: Sie konnten ihn nicht umbringen. Sie haben es einfach nicht geschafft, ihn kaputtzumachen. Das ist Auferstehung. Was sein Leben bedeutete, was sein Geist war, was seine Jünger taten, diese Übereinstimmung mit Gottes Willen lebte und lebt heute, und dieses Leben erscheint im Kreuz.«*

Backward masking
(= backmasking
oder revers-masking-process)

»Listen! We have been there ... because I live with Satan ... Serve me! There is no escaping it ... with Satan ... if we've got to live for Satan ... Master Satan ...«

(»Hört! Wir sind dort gewesen ... weil ich mit Satan lebe ... Diene mir! Es gibt dort kein Entrinnen ... mit Satan ... wenn wir mit Satan leben müssen ... Herr und Gebieter Satan ...«)

Die Rockgruppe »Led Zeppelin« wurde im Frühjahr 1982 verurteilt, weil sie ihr Stück »Stairways to heaven« mit backward masking verändert hatte. Angeblich war der oben angeführte Text zu hören, wenn man die Platte rückwärts laufen ließ.

Eine Verbraucherschutzorganisation hatte durch einen Prozeß zum ersten Mal die Öffentlichkeit darüber aufgeklärt, daß solche Methoden in der Rockmusik eingesetzt würden, ohne daß die Zuhörer dies bemerken.

Backward masking ist eine Art Geheimsprache auf Schallplatten. Angeblich sollen Musikgruppen des Hardrock/Heavy-Metal, die dem Satanismus zugetan sind, diese Methode anwenden, um versteckte »Botschaften« ins Unterbewußtsein der Hörer zu bringen.

Musiktechnisch ist es möglich, Texte und Musik rückwärts oder in anderer Geschwindigkeit auf Schallplatte oder CD zu bringen.

Andere Fachleute sind der Ansicht, daß es sich um reine Phantasie von Rockmusik-Gegnern handelt, die hinter dieser Musik den »Satan« wittern.

Ich selber glaube, daß Gott mir in meinem Bewußtsein begegnet. Für Dinge, die ich bewußt tue, bin ich als Christ verantwortlich. Alles, was nicht unter meinem Einfluß steht – meine nächtlichen Träume ebenso wie mein Unterbewußtes – liegt außerhalb meiner Verantwortung. Darum muß ich auch keine panische Angst haben vor irgendwelchen Botschaften, die sich heimlich in mein Gehirn eingraben und mich zum Satansanhänger machen könnten.

Die Texte auf manchen Rockplatten (z. B. der Gruppen »Venom« oder »Possessed«) sind außerdem vorwärts viel härter (über Gewalt, Verbrechen, sexuellen Mißbrauch) als die angeblich rückwärts zu hörenden Texte.

Noch eins: Ich habe eine ganze Reihe Hörbeispiele untersucht – auch das oben genannte. Weder ich noch meine Schüler konnten den Text auf der rückwärts gedrehten Schallplatte erkennen.

(Vgl. dazu: Michael Höhn, Sympathie für den Teufel, Köln 1993, S. 108 ff.)

Behindert

Zu Fuß wäre ich an diesem besagten Montag wahrscheinlich bequemer und schneller durch unsere Stadt gekommen. Aber ich wollte schon seit langem die Welt einmal aus der Sicht eines Rollstuhlfahrers kennenlernen.

Darum bin ich Evas Einladung gefolgt. Sie ist Rollstuhlfahrerin. Einen Rollstuhl habe ich ausgeliehen. Und dann sind wir gemeinsam drei Stunden lang durch den Regen der Kreisstadt »gerollt«. Am eigenen Leib wollte ich erfahren, was »behinderte« mit »nicht-behinderten« Menschen tagtäglich erleben.

Ein kleines Mädchen an der Hand seiner Oma sah mich immer wieder verstohlen an, als wir an der Kasse der Elektroabteilung in unseren Rollstühlen warteten.

»Möchtest du mitfahren?« fragte ich freundlich. Sofort verbarg sie ihr Gesicht im Rock der Oma. »Das ist ihr doch zu ungewohnt«, nahm die Oma sie in Schutz. »Sicher«, sagte ich. Aber warum bloß, dachte ich.

Mitleidige Blicke von vielen Passanten im Einkaufszentrum. Oft ein scheuer Blick, auch eine gewisse Neugier, wenn da auf einmal zwei im Rollstuhl den Weg schmaler machen. Behinderte darf man nicht so direkt ansehen, oder?

In manchen Augen konnte ich die hilflose Frage lesen: Wie soll ich denn »behinderten« Menschen begegnen? Sie tun mir leid, aber irgendwie sind sie mir auch fremd, wecken tief drinnen eigene Ängste vor Krankheit und Behinderung. Woher sollen die Erfahrungen mit Menschen im Rollstuhl auch kommen?

In den schmalen Gängen der Wäscheabteilung blieb ich stecken. »Sie fahren wohl besser außen herum«, meinte die Verkäuferin ärgerlich. Woher wußte sie, daß ich kein Handtuch kaufen wollte.

Die beiden elegant gekleideten Damen im Aufzug waren sehr hilfsbereit. Ohne sie hätten wir uns ganz ordentlich in der Aufzugtür verheddert. Als eine der beiden dann für uns auf Knopf B drücken sollte, war sie einen Moment lang ratlos. »Wo ist B? Ohne meine Brille bin ich fast blind.« Ist nicht jeder von uns irgendwie »behindert«? dachte ich.

Wenn einer etwas über mich wissen will, dann muß er meine Gedanken kennenlernen. Und wenn ich etwas von ihm oder ihr wissen will, dann genügt es nicht, wenn ich sage: Er oder sie ist dünn, dick, ist katholisch, ist evangelisch. Menschen sind mehr als das. Wer für Menschen aufgeschlossen ist, der kennt auch diese schrecklichen Etiketten, »Aufkleber« mit dem Wort »behindert«.

Eva meinte am Schluß unserer Rollstuhlreise bei einer Tasse Kaffee: »Eigentlich kenne ich nur Menschen, und die sind alle verschieden.« »Ja«, sagte ich, »wem dienen solche ›Aufkleber‹

tatsächlich? Sie grenzen aus, drängen an den Rand, aber sie helfen nicht zum Leben. Wir sollten lernen, sie wegzulassen.«

So wie der junge Mann mit Schirm, der plötzlich hinter mir stand, als ich mühsam im pladdernden Regen straßenaufwärts in Richtung Bahnhof »rollerte« und dabei kaum von der Stelle kam. »Na, wo wollen wir denn hin?« – »Ich möchte zum Ladenzentrum ›Alte Post‹.« – »Dann schieb' ich Sie.« – Er reichte mir seinen Schirm. Als wir dort ankamen, triefte er vor Nässe. »Warum haben Sie mir geholfen?« fragte ich. »Ich sah Sie im Regen so ackern«, antwortete er. »Danke!« sagte ich zum Abschied.

Bibel

»Wissen Sie, wofür die Bibel gut ist?« Rolf (17) hatte gerade für eine Woche im Jugendgefängnis gesessen, als er mich das fragte. Ich wollte eben zu einer Antwort ansetzen, da unterbrach er mich: »Als Zigarettenpapier haben sie sie im Knast gebraucht. Für Blättchen. Das Papier ist so schön dünn.«

»Was besseres kann man damit ja auch nicht anfangen«, warf Heinz ein. Die meisten lachten.

Die Bibel – ein langweiliges, verstaubtes Buch mit vielen alten Sprüchen, die kein Mensch versteht. Das meiste, was darin zu lesen ist, hat die Wissenschaft längst widerlegt. So ungefähr ist das Bild der Bibel bei vielen meiner Schülerinnen und Schüler.

Das deutsche Wort *Bibel* stammt von dem griechischen *biblos*, Plural: *biblia*. Das bedeutet soviel wie Buch der Bücher.

Wir wissen, daß die Bibel über einen Zeitraum von etwa 1000 Jahren aus vielen einzelnen Schriftrollen zusammengestellt worden ist. Die Bücher der Bibel sind Zeugnisse der Begegnung von Menschen mit Gott, der sich ihnen auf verschiedene Weise gezeigt hat.

Umfragen haben ergeben, daß die Bibel das am meisten verbreitete Buch ist. Allerdings lesen heute viel weniger Leute regelmäßig in der Bibel als früher. Zu Martin Luthers Zeiten – vor mehr als 450 Jahren – war das noch vollkommen anders. Seine Bibelübersetzung wurde von den Leuten geradezu verschlungen. So förderte die Lutherbibel zugleich die einheitliche deutsche Schriftsprache.

Um meinen Schülerinnen und Schülern *Spaß* an der Bibel zu vermitteln, erzähle ich häufig Geschichten daraus in unserer heutigen Sprache. Zum Beispiel die von David und Bathseba, die fast eine Art Krimi ist (2 Sam 11).

Erst hinterher weise ich darauf hin, daß diese Geschichte in der Bibel steht. Nicht wenige wollen sie dann nachlesen. Dazu empfehle ich modernere Bibelübersetzungen, die besser zu verstehen sind. Es gibt aber auch noch eine ganze Reihe anderer treffender Verse. Etwa den: *Wo viel Worte sind, da geht es ohne Sünde nicht ab; wer aber seine Lippen im Zaum hält, ist klug* (Spr 10,19). *Der könnte auf politische oder sonstige Vielredner passen.*

Channeling

ist eine verhältnismäßig neue Form des → **Spiritismus.** Seit Anfang der 70er Jahre tritt diese Spielart in den USA auf. Besonders spiritismusgläubige Menschen (sogenannte Medien- oder Mittelspersonen) sind davon überzeugt, daß sie als *channel* (engl. Nachrichtenweg) dienen für höhere Intelligenzen aus der jenseitigen Geisterwelt.

Man kann sich das ähnlich wie einen TV-Kanal vorstellen, auf dessen Wellenlänge dann Botschaften aus dem Jenseits auf die Erde gesendet werden.

Die amerikanische Filmschauspielerin Shirley MacLaine ist das gegenwärtig wohl bekannteste Channeling-Medium. Im US-Fernsehen werden regelmäßig Sendungen mit Channeling-Medien ausgestrahlt, die die TV-Zuschauer durch ihre Kontakte mit der Geisterwelt soweit beeinflussen wollen, daß sie in die Lage kommen, eine bessere Welt zu schaffen. In spiritistischen Kreisen versteht man das Channeling ähnlich wie die göttliche Offenbarung durch Propheten im Alten Testament.

Der entscheidende Unterschied besteht aber darin, daß der Spiritismus das Jenseits mit seinen Geistern für beweisbar hält und meint, daß wir mit bestimmten Techniken (z. B. Glasrükken) von uns Menschen aus den Kontakt herstellen können.

Der Glaube des Alten und Neuen Testaments geht davon aus, daß Gott sich uns offenbart. Wir können ihn nicht mit bestimmten Methoden in unsere Welt hineinzwingen.

☞ Christ sein

Eine Freundin aus Argentinien hat mir erzählt, wie sie festgenommen und zwar nicht unmittelbar gefoltert, aber zwei Nächte lang unter demütigenden Bedingungen verhört wurde. Man hatte ihr die Augen mit einer Binde geschlossen, und sie wurde von einer Gruppe ihr unbekannter Männer stundenlang befragt. Irgendwann sagte sie: »Ich bin Christin«, und einer dieser Männer, die sie verhörten, fing an, wahnsinnig zu lachen, und sagte: »Was erzählst du? Ich bin auch catolico.« Er nahm ihre Hand und führte sie an seine nackte Brust, wo ein Kreuz hing, und gab ihr das Kreuz zu fühlen und lachte sich kaputt, weil sie behauptete, sie sei Christin und habe deswegen bestimmte Auffassungen über das Leben und ihr Engagement für die Armen. Das war für meine Freundin ein tiefer Schock, wie ein Mensch, ein Sadist, ein Folterer das Kreuz entwertete, dem Kreuz seinen ursprünglichen Sinn nahm, es für sich und die »Nationale Sicherheit«, der er diente, beschlagnahmte, indem er sagte: »Ich bin ja auch Christ.«

So verschieden kann das Kreuz verstanden werden: als Symbol der Verzweiflung, der Demütigung und Quälerei – und als Herrschaftsinstrument!

Dorothee Sölle

Wenn ich daran glaube, daß Jesus Christus unser Mitmensch und Bruder geworden ist, dann bin ich überzeugt: in ihm ist Gott uns Menschen nahe gekommen. Das hat Folgen für mein Leben. **Wie** ich als Christ in der Nachfolge dieses Mannes aus Nazareth leben könnte, das entnehme ich den Geschichten des Evangeliums: Zum Beispiel werde ich eher auf der Seite der Armen zu finden sein, als auf Seiten der Reichen und Mächtigen. Bei den Kranken und Schwachen eher als bei den Kerngesunden und Starken, bei denen am Rand der Gesellschaft eher als bei denen im Mittelpunkt. Bei den Opfern eher als bei den Tätern . . .

Jesus spricht in der Bergpredigt vom **Tun des göttlichen Willens:** *»An ihren Früchten sollt ihr sie erkennen. Es werden nicht alle, die zu mir* ***sagen****: Herr, Herr! in das Himmelreich kommen, sondern die den Willen meines Vaters* ***tun.*** (Mt 7,20–21) Was **tun** die argentinischen Folterer mit dem Kreuz am Hals?

Christ sein – las ich auf einem Plakat –, **heißt: leben mit einem, der lebt.** Kürzer habe ich es noch nirgendwo gelesen.

Dämonen

Ursprünglich wurde mit dem griechischen Wort *daimon* ein Wesen bezeichnet, das geheimnisvoll ist und Angst einflößt. Nur mit Hilfe der → Magie konnte man sich gegen diesen Daimon wehren.

Gegen Dämonen gibt es Abwehrzauber in Form von *Amuletten* (= Gegenstände, die Kräfte besitzen sollen, mit denen schlechte Einflüsse und Gefahren von ihren Besitzern ferngehalten werden können).

Viele Religionen kennen Dämonen, in manchen spielen sie sogar die Hauptrolle. Dort glaubt man auch, daß neben den »Geistern« überall in der Natur gefährliche Spukgeister hausen und darauf lauern, den Menschen in Angst und Schrecken zu versetzen und ihm zu schaden.

Die »bösen Dämonen« bedeuten immer Unglück. Es gibt auch Vorstellungen, wonach sie **im Menschen** hausen und dort eine teuflische Herrschaft ausüben. Menschliche Regungen wie Neid, Haß und oft auch Krankheiten werden – diesem Glauben zufolge – von Dämonen hervorgerufen.

Böse Geister oder auch Teufelsgeister gelten im christlichen Bereich als *Dämonen*. Es handelt sich bei ihnen um Anhänger Satans (= Teufel, Beelzebub, Belial) – ähnlich wie die Engel Gottes – allerdings stehen diese auf der anderen Seite.

Dämonen gelten auch als »unsichtbare Verursacher unerklärlicher Zustände« (Friedrich W. Haack).

Im Neuen Testament wird häufig davon berichtet, daß Jesus böse oder unreine Dämonen aus besessenen Menschen austreibt. Die Bibel versteht das als ein Zeichen für das Kommen Gottes und den Sieg über Satan und seine Dämonen (z. B. Mt 12,28).

☞ Engel

»Hört mal!« sagte Holger kürzlich. »Da hat letzte Woche einer bei der Rettungswache angerufen. Wir sollten doch mal mit einem Wagen zu dem Waldparkplatz in der Nähe von D. kommen. Da säße einer in seinem PKW mit laufendem Motor und wolle sich umbringen. Er sei nämlich gerade eben mit seinem Mofa dort entlanggefahren.

Wir bräuchten uns aber nicht übermäßig zu beeilen, denn er hätte im Vorbeifahren – unbemerkt – den Staubsaugerschlauch vom Auspuff abgezogen, so daß keine Abgase ins Wageninnere kämen. Man könnte doch schließlich einen Menschen nicht so ohne weiteres sterben lassen.«

Holger grinste ein wenig bei diesen Worten. »Als wir hinkamen, stand der tatsächlich noch da, die Scheiben hoch, der Motor lief. Der Mann wartete – vergeblich, aber das konnte er ja nicht wissen – auf den Eintritt seines Todes.

Als wir an die Scheibe klopften und ihm von der Sache erzählten, war er zuerst sehr sauer auf den Mofafahrer. Aber ich glaube, inzwischen ist er doch froh, daß er überlebt hat. Jedenfalls hatten wir noch keinen weiteren Einsatz mit ihm.«

Holger lehnte sich zurück, als wollte er fragen: »Na, wie findet ihr die Geschichte?«

Ich brauche sie im Unterricht, wenn ich von Engeln heute erzählen will.

Engel (nach dem griechischen Wort *angelos,* Botschafter oder Bote) werden in der Bibel häufig erwähnt als Wesen, die Gott fortwährend loben und ihm dienen (z. B. Jes 6,2).

Engel werden aber auch auf die Erde geschickt, um Botschaften Gottes zu überbringen (Lk 2,10), um die Gläubigen zu schützen oder sie zu retten (Ps 91,11; Apg 12,7). Nach evangelischer Vorstellung sind Engel kein Gegenstand des Glaubens, während die katholische Kirche die Engelverehrung nahelegt.

Wenn jemand für das Leben eintritt – gegen den Tod – so wie der Mofafahrer in Holgers Geschichte, warum sollte ich nicht einen Engel Gottes in ihm sehen?

Entspannung

Vom greisen Apostel Johannes wird erzählt, daß er gern mit seinem zahmen Rebhuhn spielte. Eines Tages kam ein Jäger zu ihm. Er war sehr verwundert, daß dieser angesehene und weise Mann vor seiner Hütte saß und spielte. Wieviel sinnvollere Dinge hätte er in dieser Zeit tun können. »Warum vergeudest du deine Zeit mit derart nutzlosem Tun?« fragte der Jäger.

Der alte Mann sah ihn verwundert an. Warum sollte er nicht spielen? Er fragte den Jäger: »Warum ist der Bogen in deiner Hand nicht gespannt?«

»Wenn ich den Bogen dauernd spannte, dann verlöre er seine Spannkraft«, antwortete der Jäger. »Er hätte dann keine Kraft mehr, einen Pfeil abzuschießen.«

»Siehst du«, sagte Johannes, »so wie du deinen Bogen immer wieder entspannst, mußt du dich selber auch immer wieder entspannen und erholen. Wenn ich mich nicht beim Spielen entspannte, hätte ich bald keine Kraft mehr für die notwendigen Dinge des Lebens, die meinen ganzen Einsatz fordern.«

Willi Hoffsümmer

Wenn wir einige Zeit mit einer anstrengenden Tätigkeit zubringen, dann spannen wir die Muskeln unseres Körpers unbewußt an. Wir spüren das an den Schmerzen in der Schulter oder im Kopf. Dieses Signal zeigt uns an: höchste Zeit, uns zu *entspannen*!

Wenn meine Schüler von einer schwierigen Klassenarbeit in den Religionsunterricht kommen, verhelfe ich ihnen gern zur nötigen Entspannung. Statt ein anspruchsvolles Thema zu behandeln, mache ich dann eine kurze Entspannungs- oder Meditationsübung. Manchmal hören wir auch angenehme Musik zum Entspannen. Spiele wie das Personenquartett sind eine gute Auflockerung, nach der wieder genügend Kraft für die folgenden Stunden vorhanden ist.

Der Tag, ja, unser ganzes Leben sollte ein stetiger Wechsel zwischen Anspannung und Entspannung sein, damit wir unsere Spannkraft nicht verlieren.

Der Prediger im Alten Testament hat davon gewußt, wenn er sagt (Koh 3): »*Alles hat seine Zeit ... geboren werden und sterben, pflanzen und ausrotten, was gepflanzt ist ..., weinen und lachen, klagen und tanzen ... schweigen und reden ...*«, und ich setze hinzu: sich anstrengen und *sich entspannen*. Das alles hat seine Zeit.

Erwachsenwerden

Wißt Ihr, wie das zugeht, wenn junge Adler das Fliegen lernen? Leute, die sich im Gebirge Sinai auskennen, haben dies anschaulich geschildert. Der Adlerhorst, das Nest, in dem die Jungen aufgewachsen sind, befindet sich hoch oben auf einer Felsenklippe, über einem tiefen Abgrund. Wenn die Jungen so weit sind, daß sie »flügge« werden sollen, werden sie vom alten Adler aus dem Nest gejagt.

Die Jungen piepsen und sträuben sich; sie können ja noch nicht fliegen. Aber der alte Adler läßt nicht locker. Und plötzlich packt er das erste der Jungen mit seinen Krallen, fliegt über den Abgrund und läßt es fallen. Das Junge stürzt, und immer schneller fällt der hilflose kleine Vogel in den Abgrund. Der Zuschauer denkt schon: bald muß es am Boden zerschellen. Plötzlich schießt der alte Adler, der ruhig seine Kreise gezogen hat, steil nach unten, fängt das Kleine im Fallen auf und trägt es wieder nach oben, und das Spiel beginnt von neuem, und langsam lernt der junge Adler seine Flügel zu gebrauchen; er kann selber fliegen und mit großen Schwüngen die Luft durchschneiden.

Adolf Exeler

Wenn wir über *Erwachsenwerden* sprechen, dann erzähle ich manchmal diese Geschichte von den Adlern. Ein Schüler verstand sofort richtig: »Erwachsenwerden heißt also, daß ich die eigenen Flügel benutzen lerne.«

Wir alle stehen – ob alt oder jung – im Spannungsfeld zwischen Säuglingsverhalten und Erwachsensein:

Ein Säugling will beschützt und geliebt werden. Er hat einen Mund zum Saugen und Schlucken und zum Jammern. Er geht noch nicht auf eigenen Füßen, sondern Mutter und Vater müssen ihn tragen. Seine Augen und Ohren braucht er, um zu beobachten und um auf Lob und Tadel zu hören. Ein Säugling will immer nur haben. (Ich kenne eine ganze Reihe Erwachsener, die sich so verhalten.)

Ein Erwachsener steht auf eigenen Füßen, die ihn tragen. Er will leben. Seinen Mund braucht er zum Schmecken, Kauen und zum Schluchzen, und um hören zu lassen, daß es ihn gibt und was er will. Seine Augen beobachten kritisch, was da ist. Mit seinen Ohren will er klar und deutlich hören, was der andere sagt. Mit seinen Händen ändert er etwas. Er will ein eigenständiges Ich sein, daß sich selber mag. Für das »Kind in ihm« sorgt er gut.

Bruno-Paul de Roeck

Es kommt darauf an, daß wir unser Säuglingsverhalten immer mehr ablegen und uns auf das *Erwachsenensein* zubewegen. Das gilt auch für unseren Glauben.

Der Apostel Paulus beschreibt den Reifeprozeß des Glaubens so: *»Da ich ein Kind war, redete ich wie ein Kind und war klug wie ein Kind und hatte kindliche Vorstellungen. Da ich aber ein Mann wurde, tat ich ab, was kindlich war.«* (1 Kor 13,11)

Erziehung

Sind so kleine Hände, winz'ge Finger dran.
Darf man nie drauf schlagen, sie zerbrechen dann.

Sind so kleine Füße mit so kleinen Zehn.
Darf man nie drauf treten, können sonst nicht gehn.

Sind so kleine Ohren, scharf und ihr erlaubt.
Darf man nie zerbrüllen, werden davon taub.

Sind so schöne Münder, sprechen alles aus.
Darf man nie verbieten, kommt sonst nichts mehr raus.

Sind so klare Augen, die noch alles sehn.
Darf man nie verbinden, könn' sonst nichts verstehn.

Sind so kleine Seelen, offen und ganz frei.
Darf man niemals quälen, gehn kaputt dabei.

Ist so'n kleines Rückgrat, sieht man fast noch nicht.
Darf man niemals beugen, weil es sonst zerbricht.

Grade, klare Menschen wär'n ein schönes Ziel.
Leute ohne Rückgrat hab'n wir schon zuviel.

Bettina Wegener

Erziehung ist – laut Lexikon – die planmäßige körperliche, geistige und sittliche Formung besonders des jungen Menschen. Sie beginnt in der Familie und setzt sich fort in Kindergärten, Schulen und anderen Einrichtungen wie z. B. auch Kirchen.

Ziel der Erziehung ist es, junge Menschen zu selbständigen Persönlichkeiten zu entwickeln.

Meinen Schülern sage ich, daß ich als Erzieher zuerst einmal meine eigene Unzulänglichkeit kennen sollte. Meine Einsichten sind begrenzt. Viele meiner Entscheidungen sind fragwürdig. Ich weiß, daß ich trotz bester Absichten keine *perfekten* Menschen erziehen kann.

Das Lied von Bettina Wegener erinnert mich auch daran, daß Jesus Menschen heilte, die ihre Hände und Füße nicht mehr bewegen konnten. Er machte Menschen gesund, die nicht sehen und sprechen konnten. Jesus warnte uns davor, die Seele eines Menschen zu verletzen. Mit all dem will er uns zum Leben verhelfen.

Albert Schweitzer, Arzt und Theologe, auf die Frage, wie man am besten seine Kinder *erziehen* soll:

»Es gibt drei Methoden: 1. Durch Beispiel 2. Durch Beispiel 3. Durch Beispiel.«

Freiheit

Es gab einen Mann, der wollte in dieser unfreien Welt frei sein. Er zog sich aus der Unruhe und dem Lärm der Stadt zurück. (Es ist mir viel zu laut und zu unruhig!) Er kündigte all seinen Vereinen die Mitgliedschaft auf. (»Doch nur alles Mist!«) Und auch mit der Politik wollte er nichts mehr zu tun haben. (»Die eine Partei ist auch nicht besser als die andere!«)

Er mietete sich auf dem Land ein alleinstehendes Haus. Er traf alle Vorkehrungen, um die unfreie Welt auszuschließen. Riegel vor alle Türen. Gitter vor die Fenster. Eine hohe Mauer um das Stückchen Land, das zu seinem Haus gehörte. Eine eiserne Pforte, um den Zugang zu verschließen.

Er machte die Pforte hinter sich zu. Sie quietschte. Er legte eine Kette vor, hängte sorgfältig ein Vorhängeschloß ein, drehte den Schlüssel im Schloß, zog ihn heraus, verschluckte ihn sicherheitshalber sofort und betrat nun sein freistehendes Haus. Auch die Türen sorgfältig hinter sich abgeschlossen. Fensterkontrolle. Endlich. Nun war er frei . . .

Bruno-Paul de Roeck

Ganz allgemein bezeichnet *Freiheit* den Spielraum, in dem sich ein Mensch bewegen und entfalten kann.

Natürlich gibt es voneinander abweichende Meinungen, was Freiheit denn tatsächlich im Leben des einzelnen Menschen bedeutet.

Heißt Freiheit, daß der Mensch alles tun kann, wozu er gerade Lust hat? Oder hat seine persönliche Freiheit nicht ihre Grenzen an der Freiheit der anderen Menschen?

Wie frei ist er wirklich, wenn er sich – wie der Mann in unserer Geschichte – von anderen abkapselt? Braucht nicht jeder auch die Nähe und die Beziehung zu anderen Menschen, um sich entfalten zu können?

Jesus war – so wird von ihm berichtet – gegenüber den Menschen seiner Zeit und seiner Umwelt *frei:* Er hat die Sabbat-Gebote gebrochen, wenn es für die Menschen wichtig war. Er hatte die Freiheit, sich mit ungeliebten Außenseitern der Gesellschaft (Frauen, Zöllnern, Armen, Kindern, Kranken u. a.) abzugeben.

Deswegen haben ihn führende Zeitgenossen als einen gefährlichen Mann angesehen, ihn schließlich dafür auch hingerichtet. Sie konnten nicht verstehen, daß sich in diesem freien und unabhängigen Verhalten des Mannes aus Nazareth die Freiheit Gottes widerspiegelte.

Fremdenhaß

Aus einem Zeitungsartikel:

Jungen Mann mit Pistole bedroht

N. – Mit einer Pistole bedrohte am Montagabend ein Mann einen 18jährigen an der Bushaltestelle in H.

Gegen den Unbekannten wurde bei der Polizeistation W. Anzeige erstattet. Der Jugendliche wartete auf den Bus nach W., als der etwa 1,80 Meter große, mit einer Bomberjacke bekleidete Mann ihn fragte, ob er Ausländer sei.

Als der 18jährige Italiener dies bejahte, zog der Unbekannte eine Pistole aus der linken Innentasche und richtete sie auf den jungen Mann, der sofort die Flucht ergriff.

Woher kommt der *Haß auf Fremde?* Wahrscheinlich ist es so, daß Fremde in uns tiefsitzende Ängste wecken.

Wir können schlecht ertragen, wenn jemand anders aussieht als wir. Wenn er dann auch noch anders lebt, arbeitet, ißt und liebt – dann macht uns das unsicher.

Vielleicht – so könnten wir denken – ist ja mein eigenes Verhalten verkehrt, und ich muß es ändern?

Deshalb wehren wir uns lieber gegen den Fremden und sein fremdes Leben. Er soll jedenfalls nicht in unserer Nähe sein: »Raus mit ihm!« Er gehört von vorneherein nicht zu uns.

Daß der Fremde abgelehnt wird – solches Verhalten gibt es offenbar überall auf der Welt. Dazu kommen bei uns noch eine Reihe von Vorurteilen (z. B. »Die nehmen uns unsere Wohnungen und Arbeitsplätze weg!«), die dann sehr leicht aus den Fremden sogar Feinde machen, die man mit Gewalt bekämpfen muß.

Pierre Mustafa Sergiu Giuseppe Ali Yülmaz Roberto Aaron Dimitri Ich auch? Dmitrij

Jeder ist Ausländer – fast überall!

**Jeder ist Ausländer –
fast überall
so las ich im Stau
den Aufkleber
meines Vordermannes
und plötzlich
fiel mir
Abraham ein
den der Ruf Gottes
zum Ausländer machte**

**Jeder ist Ausländer –
fast überall
und Joseph fällt mir ein
den seine Brüder
ins Ausland
verkauft haben
und doch hat Gott
das Böse gut gemacht**

**Jeder ist Ausländer –
fast überall
und Paulus fällt mir ein
der wegen Jesus
zum Ausländer wurde
und als Ausländer
mit der Botschaft
die Weltreiche
veränderte**

**Jeder ist Ausländer –
fast kommt es mir
so vor
als ob Gott selber
ein Ausländer ist
und heute an
unsere Türen kommt
und um Einlaß bittet
bei uns
und für seine Ausländer
um Asyl und Heimat**

**Weil Gott
keinen Platz hat
in unserem Leben
haben wir kaum Platz
für den Fernen
oder Nahen**

**Wenn für Gott
unser Herz
weit wird
bekommen wir auch
ein weites Herz
für den, der uns braucht**

Hermann Traub

Pierre Mustafa Sergiu Giuseppe Ali Yülmaz Roberto Aaron Dimitri Ich auch? Dmitrij

Ausländer
raus?

Nach meiner Erfahrung reicht es nicht aus, gute Argumente gegen Fremdenhaß bereit zu haben. (Das ist auch sehr wichtig!) Besser ist es aber, wenn ich Fremde näher kennenlerne. Dann kann ich leichter feststellen, daß es auch Menschen sind und so Fremdenangst und Fremdenhaß überwinden.

Jesus hat gerade die *Fremden* unter seinen besonderen Schutz gestellt. *»Die Fremdlinge sollst du nicht bedrängen und bedrücken (. . .)«* (2 Mose 22,20) *»Verflucht sei, wer das Recht des Fremdlings beugt!«* (5 Mose 27,19) Er sieht den sterblichen Menschen als Gast und Fremdling auf Erden. (Hebr 11,13)

Frieden

»Weder Wirtschaftsunternehmer noch Politiker haben bisher allzuviel Geneigtheit gezeigt, die Lehre Jesu (gemeint ist die Bergpredigt, d. Vf.) wörtlich zu nehmen. Sie haben es für Realpolitik gehalten, wenn sie glaubten, daß der Unternehmer und der Staatsmann, wenn sie etwas besitzen wollen, einen Geist des Besitzwillens haben müssen, einen Geist des Machtwillens und eine Bereitwilligkeit zur Gewaltanwendung. Nun, was die Nicht-Sanftmütigen und die Gewalttätigen uns an Trümmern hinterlassen haben, das wissen wir. Wenn es im Jahre 2000 überhaupt noch ein Erdreich geben soll und wenn es sich lohnen soll, darauf zu wohnen, so muß dieser Geist der Gewalttätigkeit überwunden werden.«

Fritz Baade, Direktor des Instituts für Weltwirtschaft (Universität Kiel) hat diese beherzigenswerten Sätze bereits 1957 am Ende seines Buches »Weltenergiewirtschaft« geschrieben.

Franz von Assisi wird das folgende Gebet zugesprochen:

Herr, mache mich zu einem Werkzeug deines Friedens,
daß ich Liebe übe, wo man sich haßt,
daß ich verzeihe, wo man sich beleidigt,
daß ich Frieden stifte, wo Streit ist,
daß ich Hoffnung wecke, wo Verzweiflung quält,
daß ich dein Licht anzünde, wo die Finsternis regiert,
daß die Freude bringe, wo der Kummer wohnt.«

Für mich ist damit ebenso klar wie in der Bergpredigt Jesu gesagt, daß Gottes Geist so in uns tätig werden will, daß wir auch in einem Klima des Hasses lieben können – trotz allem. Daß wir *Frieden* stiften, wo unnötiger Streit herrscht, Lichter anzünden gegen Fremdenfeindlichkeit und Gewalt, Hoffnung wecken, auch wenn das Leben manchmal so aussichtslos erscheint.

Und das alles beschränkt sich nicht auf mein privates Leben, sondern wirkt sich auch auf das Leben in der ganzen Welt aus.

Gebet

Anni Kleinschmidt, deren Mann von den Nazis im Konzentrationslager gefangengehalten wurde, lebt mit ihrem kleinen Sohn Gerhard in Melsungen. An dem Tag, als ihre Nachbarn, ein altes jüdisches Ehepaar, mit dem Gütertransportzug auf ihre letzte Reise ins Konzentrationslager Theresienstadt geschickt werden, spricht sie folgendes Gebet:

»Weißt du, Jesus, ich habe dich aus den Augen verloren. Da war zuviel anderes, was mich in den letzten Jahren beschäftigt hat. Ich denke, das war nicht richtig. Ein bißchen merkwürdig ist es schon, daß ich mich gerade heute an dich erinnere. Vielleicht hat das mit den beiden alten Leuten zu tun, die vorhin für immer gegangen sind. Ich bin ziemlich sicher, daß ich sie nie mehr sehen werde. Sie sind Juden – so wie du ein Jude warst. Sie haben gelitten, und ihr Leid wird noch viel schlimmer werden, als es schon war.

Wie war das bei dir, als du ans Kreuz mußtest? Wie war das damals, als dein Freund Judas dich verraten hat? Wie bist du damit fertig geworden, als einer deiner besten Freunde, dieser Petrus, plötzlich nichts mehr mit dir zu tun haben wollte – aus Angst, sie würden ihn auch töten?

Du hast eine Menge Enttäuschungen erlebt, bevor sie dich am Ende an das Kreuz schlugen. Vielleicht erinnere ich mich gerade deshalb heute wieder an dich. Nur einer, der selber viel Schweres mitgemacht hat, kann denen, die ganz tief unten sind, nahe sein.

Es hilft mir, daß ich so mit dir sprechen kann. Unser Gerhard ist noch zu klein, und sonst habe ich keinen mehr, dem ich von meinen Gedanken erzählen könnte . . .«

Dann brach Anni Kleinschmidt ihr Gebet ganz einfach ab, ohne Amen oder andere »fromme« Worte. Noch an diesem Abend setzte sie sich hin und schrieb einen Brief voller Hoffnungen an ihren Mann im Konzentrationslager.

Gebet ist die Grundhaltung des Menschen, der glaubt und nach Gott fragt. Früher war das Gebet eine alltägliche und selbstverständliche Glaubensäußerung. Heute haben offenbar viele Menschen Schwierigkeiten mit dem Gebet. Zum Verständnis des christlichen Gebetes ist es wichtig zu wissen, daß es keine Vorbedingungen kennt. Gott wird als Vater oder Freund angesprochen, ähnlich wie Anni Kleinschmidt es in ihrem Gebet tut. Wie in einem Gespräch stellt sie ihre Lebensprobleme Gott dar. Danach weiß sie klarer, was sie tun muß.

F. C. Oetinger (1702–1782) gibt uns in seinem Gebet einen brauchbaren Tip fürs Beten:
»Gott, schenke uns Gelassenheit, das hinzunehmen, was wir nicht ändern können.
Gott, schenke uns Mut, das zu ändern, was wir ändern können.
Gott, schenke uns Weisheit, das eine vom andern zu unterscheiden.«

Gerücht

»Ich hab' den Knüller, Leute. Studienrat Meyer soll ein Verhältnis mit der Angelika Schoppmann aus der 10b haben!« Udo (17), Schülerzeitungsredakteur, stürmt aufgeregt in den SV-Raum, in dem sich die übrigen Redakteure der Schülerzeitung zur Vorbesprechung für die neue Ausgabe des »Querschnitt« getroffen haben. Die Schülerinnen und Schüler stecken die Köpfe zusammen, beraten, was zu tun sei. Dann entschließen sie sich, eine Comic-Story aus dem »Fall Meyer« zu machen. »Schüler-Sex für gute Noten?« heißt der reißerische Aufmacher. Namen werden keine genannt und »Jede Ähnlichkeit ist rein zufällig«. Ja, sie haben sich abgesichert gegen eine mögliche Verleumdungsklage. Dann geht das ganze in Druck. Als die Zeitung herauskommt, ist es, als platze eine Bombe. Jeder weiß natürlich sofort Bescheid, wer hier gemeint ist.

Das Gerücht vom Lehrer Meyer, der mit seiner Schülerin Sex hat, ist in Windeseile in Schule und Kleinstadt herum. Der Lehrer und auch seine Frau können sich gegen das Gerücht nicht schützen. Erst ein Zufall bringt heraus, daß Angelika Schoppmann selber aus Angeberei dieses Gerücht in die Welt gesetzt und es mit Knutschflecken »bewiesen« hat, die sie sich selbst beibrachte. Wird ihr Geständnis das Gerücht stoppen können?

Gerücht bedeutet soviel wie Nachrede, hinter jemandem herreden. Es wird häufig in Verbindung mit dem Adjektiv »übel« gebraucht und hat einen unguten Klang.

Meinen Schülern erzähle ich zum Verständnis gern folgende eindrucksvolle Geschichte:

Eine klatschsüchtige Frau, die gern Gerüchte über andere Menschen in die Welt setzte, bekam von dem Rabbi eine merkwürdige Buße auf: »Geh heim, schneide ein Kopfkissen auf und streue die Bettfedern auf die Straße. Dann komme wieder.« Als sie wiederkam, sagte der Rabbi: »Du gehst jetzt sofort los und sammelst alle Federn wieder ein.« Die Frau schlug die Hände über dem Kopf zusammen. »Das ist doch unmöglich. Der Wind hat sie in der ganzen Stadt verstreut.« Der Rabbi antwortete: »Siehst du, das ist genau wie mit deinen bösen Worten über andere Menschen. Das kannst du gar nicht mehr ganz wiedergutmachen!«

Willi Hoffsümmer

Die Bibel weiß von der Wirkung *übler Nachrede,* die die Beziehung der Menschen untereinander vergiftet. Nicht ohne Grund heißt es im achten Gebot: *Du sollst kein falsches Zeugnis von deinem Nächsten geben.* (2 Mose 20,16). Und im Jakobusbrief: *»So ist auch die Zunge ein kleines Glied und richtet große Dinge an. Siehe, ein kleines Feuer, welch einen Wald zündet's an!* (Jak 3,5)

☞ Gewalt

»Ich will alles, sonst schieß ich dir in den Kopf.« Brutaler Überfall auf die Angestellte einer Spielhalle in B. vor wenigen Wochen. Der jugendliche Täter schlägt der Frau die Waffe erbarmungslos ins Gesicht.

»Her mit deinem Taschengeld«, schreit der Neunjährige einen Mitschüler aus der Klasse zwei einer Grundschule an. Noch ehe der sich versieht, trifft ihn ein Faustschlag in den Magen.

Als ein Kollege im Religionsunterricht erzählt, daß er bei einem Raubüberfall vergeblich versucht habe, den beiden jugendlichen Radfahrern die Handtasche einer alten Frau abzujagen, zucken viele der Schüler die Achseln: »Pech gehabt. Da hätte die alte Frau eben besser auf ihre Tasche aufpassen müssen.«

Szenen der Gewalt – haben wir uns schon daran gewöhnt?

Gewalt in Form körperlicher Übergriffe auf andere Menschen hat offenbar unter uns zugenommen. Zugleich steigt auch die Gleichgültigkeit gegenüber Gewalttätigkeiten. Vielleicht liegt es daran, daß jeder nur noch sich selbst im Blick hat. Erwachsene machen den jungen Leuten ja auch vor, daß nur der Gebrauch von Ellenbogen uns weiterbringt. Und vom *American Fighter* aus dem Action-Video mit seinen brutalen Gewaltszenen wissen wir, daß nur der Stärkste siegt.

Ich habe auch keine Patentlösung, wie wir *Gewalttätigkeit* abschaffen können. Zwei Menschen haben mir jedoch einen Maßstab an die Hand gegeben, der mir weiterhilft.

Der eine ist Mahatma Gandhi. Er hat gesagt: *»Auge um Auge läßt die Welt erblinden.«* Der andere ist Jesus von Nazareth: *»Wenn dir jemand auf die rechte Backe schlägt, dem halte auch die andere hin.«* (Mt 5,39)

Das heißt doch wohl bei beiden, daß wir der Gewalt nicht mit Gewalt begegnen sollen.

Aus einem Training für gewaltfreie Aktion stammt der Satz:

»Aktiv werden! Wichtig ist, daß du dich von der Angst nicht lähmen läßt. Eine Kleinigkeit zu tun ist besser, als über große Heldentaten nachzudenken. Wenn du Zeuge oder Zeugin von Gewalt bist: Zeig, daß du bereit bist, gemäß deinen Möglichkeiten einzugreifen. Ein einziger Schritt, ein kurzes Ansprechen, jede Aktion verändert die Situation und kann andere dazu anregen, ihrerseits einzugreifen.«

Glasrücken

Robert (17), schildert seine Erlebnisse beim Glasrücken:

Wir waren zu fünf Personen. Die Karten wurden auf den Tisch gelegt – alle Buchstaben von A–Z, die Zahlen und JA und NEIN. Mein Freund benutzte zum Glasrücken ein Glas. Das war von seinem Bruder, der bei einem Autounfall ums Leben gekommen war. (...) An diesem Abend waren wir alle im Wohnzimmer zusammen. Das Licht war aus, nur eine Kerze brannte auf dem Tisch. Dann haben wir die Fingerkuppen auf das Glas gehalten, und der Freund hat gefragt: »Hallo, Geist – bist du hier?«

Beim ersten Mal war nichts, während der ersten Versuche überhaupt nichts. Irgendwann rutschte dann das Glas auf die JA-Karte zu. Sie haben dann noch gefragt, wie die Mutter von der Freundin des verstorbenen Bruders hieß. Das wußte nur der Bruder. Und es ist wirklich der richtige Name herausgekommen. Das war wirklich verblüffend. (...)

Ich glaube daran, daß es gute und böse Geister gibt. Ich habe dann nie wieder mitgemacht, obwohl die mich ein paar Mal eingeladen haben. Mir ist das zu gefährlich, wenn die dann mal die Frage stellen würden, wann ich sterbe.

Glasrücken gehört zu den Handlungen, die im → **Spiritismus** angewendet werden: ein »Geist« aus dem Jenseits wird angerufen, der den Teilnehmern Fragen beantworten soll.

Viele junge Leute haben mich danach gefragt: Was ist dran am Glasrücken? Funktioniert das wirklich?

Meine knappe Antwort: Ja, ein leichtes Glas rutscht sehr schnell auf einer glatten Fläche hin und her. Die Antworten weiß meistens einer, der am Tisch sitzt. Mehr oder weniger bewußt, schieben die Teilnehmer selbst das Glas.

Gleichnis

Das Gleichnis von der verlorenen Tochter:

In zahlreichen Versuchen mit Schülern habe ich nachgewiesen, daß Glasrücken funktioniert – auch ohne einen »Geist« annehmen zu müssen, der seine Finger im Spiel hat. Wer aber daran glauben will, den kann ich durch meine Erfahrungen nicht davon abbringen.

Die meisten jungen Leute »spielen« Glasrücken etwa sechs bis acht Wochen. Dann wird es oft langweilig. Auf zehn Fragen gibt es vielleicht eine lesbare Antwort. Und die ist häufig läppisch.

Einige aber machen sich »abhängig« vom Glasrücken. Die möchte ich als »suchtgefährdet« bezeichnen. Sie würden auch zum Alkohol oder zu Drogen greifen.

Gefährlich kann es auch werden, wenn ich z. B. nach meinem Todesdatum frage. Ich weiß von einem Fall, daß ein Mädchen nicht damit klargekommen ist. Sie hat sich das Leben genommen, weil sie das Warten auf diesen Todestag nicht ausgehalten hat.

(Vgl. auch Michael Höhn, Sympathie für den Teufel, Köln 1993, S. 22 ff.: Der Geist im Glas)

Glück

Leo Buscaglia erzählt folgende Geschichte:

Es war in St. Louis, und ich ging am Flußufer entlang. Dort begegnete ich einem kleinen alten Mann. Zahnlos und, wie wir sagen würden, schmutzig, denn wir sind natürlich sauber. (. . .)

Neben ihm stand eine Flasche Landwein, und er aß ein Stück Käse. Er sagte: »Guten Morgen, mein Sohn.«

Wer mich »mein Sohn« nennt, ist sofort mein Freund. Ich setzte mich neben ihn, und wir sprachen über Gott und die

Welt. Wir tranken den Wein, aßen den Käse und philosophierten. Ich sagte zu dem Mann: »Wissen Sie, Sie sehen so glücklich und zufrieden, so ausgeglichen und friedlich aus. Haben Sie ein Geheimrezept?«

Ohne einen Augenblick zu zögern erwiderte er: »Allerdings.«

Ich sagte: »Würden Sie es mir verraten?«

»Natürlich, mein Sohn«, sagte er. »Wenn du dein ganzes Leben glücklich sein willst, dann sorge dafür, daß dein Kopf voll und dein Magen leer ist.«

Und er fährt fort:

Ich bin fest davon überzeugt, daß diese . . . Menschlichkeit mit all ihren Wundern ein Geschenk Gottes an dich ist. Und was du damit tust, ist dein Geschenk an Gott. Gib dich mit nichts Geringerem zufrieden als damit, daß du Gott das vollkommene Geschenk anbietest, das du bist. Und freue dich daran, daß du es tun kannst.

Gott

Wenn Peter Maffay den folgenden Song – von Band – singt, dann werden auch die »Härteren« meiner Schüler nachdenklich:

Wenn das Schweigen dich umgibt, wird ein Lied zum Gebet.
Und ich warte so auf eine Antwort. Ich such' das Licht,
das die Flamme entfacht. Wer führt mich durch die dunkle Nacht?

Geht ein Wort von Mund zu Mund, siegt die Menschlichkeit –
allein dafür lohnt es sich zu leben. Solange Hoffnung für mich
»Frieden« heißt,
geb' ich die Hoffnung auch nicht auf.

Wenn die Hand ins Leere greift, wird ein Flüstern zum Schrei
–
und ich frage mich: Wer wird ihn hören? Brich dein Schweigen
und laß uns nicht allein! Und hilf uns aus der Einsamkeit!

Lieber Gott, wenn es dich gibt, zeig uns deinen Weg, eh das
Böse in uns siegt!
Daß es noch Gutes gibt, daran glaube ich. Ich schwöre: dazu
stehe ich!

Peter Maffay schreibt selber zu seinem Stück:

Als dieses Lied herauskam, haben mir einige Schlaumeier vorgeworfen, jeder Interpret im Musikgeschäft würde nach geraumer Zeit zwangsläufig »auf die religiöse Schiene rutschen« – eine grauenhafte Formulierung –, so wie es Bob Dylan, Eric Clapton und John Lennon vorher auch praktiziert hätten.

Obwohl dieses Lied aus dem Rahmen fällt und meine Plattenfirma gegen eine Veröffentlichung war, habe ich meinen Kopf durchgesetzt, weil die Aussage für mich sehr wichtig ist.

Wenn wir dieses Lied vortragen, kommt es mir – so komisch es klingt – immer wie eine Andacht vor. Ich staune jedesmal, wie intensiv die Konzertbesucher auf dieses Lied eingehen und es mitsingen. Wenn wir es gemeinsam singen, verschmelzen wir Musiker auf der Bühne und die Leute in der Halle zu einer Gemeinschaft, und wir hängen einem bestimmten Gedanken wenigstens fünf Minuten lang sehr intensiv nach. Irgendwo habe ich das Gefühl, das ist Musik für die Seele, ohne daß ich hier wissentlich eine Seelenmassage betreibe, damit die Leute zum Kauf einer Schallplatte animiert werden sollen. Ich will vielmehr mit diesem Lied meinen Freunden ein Geschenk machen und freue mich über die herzlichen Reaktionen, die seelischen Geschenke, Abend für Abend. Ich versuche auf meine Art darauf aufmerksam zu machen, daß es Gott gibt, auch wenn man nicht in die Kirche geht und gewisse Formen der Religionsausübung ablehnt.

Aber dieser Glaube an Gott erzeugt viel Bereitschaft, miteinander positiv umzugehen, aufeinander Rücksicht zu nehmen und verhärtete Verhaltensformen wieder abzulegen. Ich bin kein geschulter Prediger und kann nicht sagen: Freunde, es gibt Gott! Ich möchte es bescheidener formulieren: Lieber Gott, wenn es dich gibt, zeig uns deinen Weg ... Dann fühlt sich niemand manipuliert, und jeder kann eine eigene Glaubensentscheidung treffen. Ich möchte vielmehr einen Anstoß geben: Freunde, haltet euch für den Glauben an Gott bereit, der euch wirklich etwas einbringt.

☞ Hexe

Nach altem Gespenster- und Zauberglauben ist die Hexe ein altes Weib, das mit dem Teufel im Bund ist, mit ihm sexuell verkehrt und Tieren und Menschen Schaden anzaubern kann. Außerdem kann sie durch die Luft fliegen und nimmt am Hexensabbat auf dem Blocksberg (Harz) teil.

Ihr Name kommt möglicherweise vom althochdeutschen *hagazussa,* was soviel heißen könnte wie »die den Hag (= Feld und Flur) schädigt«. Andere Deutungen sind z. B. »die auf dem Zaun reitet« – halb in der Zivilisation, halb in der ungezähmten Natur lebt und beide Bereiche miteinander verbindet.

Seit dem Mittelalter wurden Hexen verfolgt, gefoltert und verbrannt. Angeleitet wurden die Hexenverfolger durch den berüchtigten »Hexenhammer« aus dem Jahr 1487, in dem die beiden Dominikanermönche Institoris und Krämer genaue Anleitungen gaben, wie Hexen zu bekämpfen seien. Durch den

»Hexenhammer« wurde die mörderische Zeit der Hexenverfolgungen eröffnet, die erst 1775 ihr Ende fand. Am 11. April 1775 wurde Marie Schwägelin aus Kempten als letzte »Hexe« verbrannt, weil sie heimlich zum evangelischen Glauben übergetreten war.

Da wir nur aus den Büchern der Hexenverfolger Rückschlüsse ziehen können – die Hexen haben selber nichts Schriftliches hinterlassen –, sind wir auf Vermutungen angewiesen, wer diese Frauen tatsächlich waren. Wahrscheinlich handelte es sich um besonders kluge und weise Frauen, die oft zugleich als Hebammen medizinische Kenntnisse besaßen, z. B. auch über empfängnisverhütende Mittel. Vielleicht waren sie auch durch ihre Schönheit den weniger schönen Ehefrauen »gefährlich«.

Sie wurden jedenfalls auf vielfältige Weise verleumdet und solange »hochnotpeinlich befragt« (= brutal gefoltert), bis sie zugaben, mit dem Teufel im Bunde zu sein; dann wurden sie verbrannt.

Und das alles im Namen Gottes und der Kirche! Eines der blutigsten und finstersten Kapitel aus der Geschichte der Kirche . . .

☞ Himmel

Eine russische Legende erzählt:

Ein reicher Mann dachte auch im Sterben nur an das, woran er sein Leben lang gedacht hatte: an sein Geld. Mit letzter Kraft löste er den Schlüssel vom Band, das er am Hals trug, winkte der Magd, deutete auf die Truhe neben seinem Lager und befahl, ihm den großen Beutel Geld in den Sarg zu legen.

Im Himmel sah er dann einen langen Tisch, auf dem die feinsten Speisen standen. »Sag, was kostet das Lachsbrot?«

fragte er. »Eine Kopeke«, wurde ihm geantwortet. »Und die Sardine?« »Gleich viel.« »Und diese Pastete?« »Alles eine Kopeke.«

Er schmunzelte. Billig, dachte er, herrlich billig! Und er wählte sich eine ganze Platte aus.

Aber als er mit einem Goldstück bezahlen wollte, nahm der Verkäufer die Münze nicht. »Alter«, sagte er und schüttelte bedauernd den Kopf, »du hast wenig im Leben gelernt!«

»Was soll das?« murrte der Alte. »Ist mein Geld nicht gut genug?«

Da hörte er die Antwort: »Wir nehmen hier nur das Geld, das einer verschenkt hat.«

Willi Hoffsümmer

Himmel ist im Sprachgebrauch der Bibel zuerst einmal der Raum über uns mit seiner Vielzahl an Sternen. Es kann aber auch der Luftraum sein, in dem die Vögel leben. Am häufigsten meint die Bibel damit den Ort, an dem Gott mit den Engeln und Seligen lebt. Am ausführlichsten schildert der Seher (Offb 4), wie er durch eine geöffnete Tür in die Herrlichkeit des Himmels schauen darf.

Viele Menschen haben heute Schwierigkeiten, sich den Himmel als einen Raum über uns vorzustellen, in dem Gott über der Erde thront. Unser Weltbild hat sich in den letzten 2000 Jahren erheblich verändert. Für uns ist die Erde keine Scheibe mehr, über die sich – wie ein rundes Zelt – der Himmel wölbt, an dem Sonne, Mond und Sterne befestigt sind.

In der englischen Sprache gibt es zwei Wörter für Himmel: *sky* und *heaven. Sky* meint den Raum über unseren Köpfen, den man mit Flugzeugen und Wolkenkratzern »erfahren« kann. *Heaven* bezeichnet den Ort oder Zustand, wo »Gott wohnt«.

Unsere russische Legende »übersetzt« diesen Himmel auf die Erde: Wo die schenkende Liebe wohnt, da wohnt Gott.

»Himmlisch« sagen wir, wenn wir von einer Sache begeistert und entzückt sind. Vielleicht können wir mit dieser Deutung eher etwas anfangen?

Hölle

Rolf (17) zeigt mir – als Entschuldigung für sein Fehlen in der letzten Religionsstunde – einen Zettel. Er hatte eine Woche in der Jugendarrestanstalt R. eingesessen.

Später erzählt er der Klasse von diesem »Horrortrip« Einzelheiten: Er hatte auf der Osterkirmes – nach reichlichem Alkoholgenuß – seiner Freundin zu Hilfe kommen wollen, die von ihrem Ex-Freund brutal verprügelt wurde. Rolf ging blindwütig dazwischen und stach dem Gewalttäter seinerseits mit einem Butterfly-Messer knapp zwischen Herz und Hauptschlagader. Beim Herausziehen des Messers zerriß er dem anderen die Lunge. Der hatte ein paar Liter Blut verloren, wurde aber im Krankenhaus gerettet. Rolfs Freundin lag auch vier Wochen im Krankenhaus. Der Richter bestrafte Rolf dafür mit einer Woche Jugendarrest.

Rolf, der gestern aus dem Gefängnis entlassen worden war, berichtet von dieser »Hölle«: »Die Einzelhaft und die menschenunwürdige Behandlung waren für mich das Schlimmste.« Der Wärter wollte ihn zur Arbeit anhalten. Rolf sollte seinen Wagen waschen. Als er sich lautstark weigerte, kam er für 24 Stunden in die Isolationszelle (»Gummizelle«, mit Matten auf dem Boden und einem Loch als Abtritt). Er habe darin getobt wie verrückt. Aber niemand habe ihn gehört. »Du bist einfach kein Mensch mehr.«

Das sei auch noch ein zweites Mal passiert. Er habe in der Woche bei Wasser und Brot und einem kläglichen Süppchen zwölf Kilo abgenommen. Auch das Rauchen habe er sich abgewöhnt.

Mit Hilfe eingeschmuggelter Zigaretten habe er einen sieben Jahre einsitzenden Koch bestochen, etwas Leckeres zuzubereiten. Der saß, weil seine Freundin ihm gesagt hatte, er habe einen zu kleinen Schwanz. Daraufhin habe er sie erstochen.

Er habe die Bibel, die jedem Häftling zur Verfügung stand, dazu benutzt, auf herausgerissenen Blättern Tagebuch zu schreiben. Andere hätten die dünnen Blätter der Bibel als Zigarettenpapier benutzt.

Er würde demnächst lieber seine Freundin verprügeln lassen, als noch einmal in den Knast zu kommen: »Es war die Hölle!«

Die *Hölle* (vgl. auch Konstanzer Kleines Bibellexikon) ist nach christlicher Vorstellung der Ort, an dem Teufel und Verdammte bestraft werden. Im älteren Judentum glaubte man, daß Sünder und Fromme gemeinsam im Reich der Toten bzw. der Unterwelt sich aufhalten.

Später wurde angenommen, daß die von Gott Abgefallenen gemeinsam mit den gefallenen Engeln in der *Gehenna* Feuerqualen erdulden (vgl. Mt 5,22 und 25,41). Trotz des unauslöschlichen Feuers (Mt 3,12) herrscht in der Hölle vollkommene Finsternis (Mt 8,12), dort ist auch *»Heulen und Zähneklappern«* (Mt 13,50).

Ich

Ein Junge erzählte mir, daß er kürzlich in den Badezimmerspiegel geblickt hatte und sich plötzlich ganz fremd vorkam: Wer bin ich eigentlich?

Daraufhin habe ich ihm eine Geschichte gegeben, die ein Lehrer seinem Schüler erzählt:

Was immer ich weiß – sagt der Lehrer zu seinem Schüler – kann dir nicht ersparen, dich selbst zu suchen. (...) Hör zu!

Da ging eines Tages der Knabe zu seinen Brüdern. Er sagte zu ihnen: »Gebt acht! Ich will, daß wir zusammen einen merkwürdigen Ort aufsuchen.«

»Wohin willst du uns denn führen?« fragten die Brüder.

»Ich will euch dahin führen, wo ihr die Wahrheit über euch selber erfahren sollt.«

Die Brüder baten ihn: »Laß es doch sein, es lohnt sich nicht. Danke, wozu sollen wir schon wieder ausziehen?« Sie wollten nicht gehen. Der Jüngste aber bestand darauf: »Entweder kommt ihr mit, oder ich bringe mich um!« So zwang er sie, mit ihm zu gehen. Sie gingen lange, und noch am selben Tage kamen sie zu jenem Brunnen. Der Jüngste sagte zum Ältesten: »Ich will dich anbinden und in den Brunnen hinunterlassen. Schau dir an, was es dort im Brunnen gibt.«

Der Älteste fing zu weinen an. »Warum willst du mich in den Brunnen hinunterlassen?« Er hatte Angst, in den Brunnen zu gehen. Er bat um Gnade. Der Jüngste sagte zu ihm: »Bitte nicht um Gnade, wir müssen dorthin!« Er band ihm den Strick um und ließ ihn hinunter. Aber kaum war der Bruder ein paar Klafter tief, fing er zu schreien und zu weinen an – noch ein bißchen und die Angst zerriß ihn.

»Ich sterbe, ich sterbe!« Er war noch nicht einmal ein Viertel des Brunnens hinunter. Der Knabe zog ihn heraus, denn er sah, was für ein Mensch das war.

Dann kam der zweite. Der Knabe band auch ihn und ließ ihn hinunter. Er war kaum bis zur Hälfte des Brunnens gekommen, da begann er zu schreien vor lauter Angst. »Ich sterbe, ich sterbe!« Er zog ihn heraus.

Dann kam die Reihe an den Jüngsten. Er sagte: »Hört zu! Wieviel ich auch weinen und schreien werde, zieht mich nicht hoch. Laßt mich hinunter, bis ihr fühlt, daß der Strick leicht geworden ist.«

Die Brüder fingen ihn zu bitten an: »Du bist unser Jüngster! Warum willst du von uns gehen?« Sie baten, er möge sie doch nicht verlassen, aber er wollte nicht auf sie hören. Da banden sie ihn und ließen ihn hinunter.

Schüler: Das ist eine schöne Geschichte. Ich möchte wissen, wie sie weitergeht.

Lehrer: Es ist nicht irgendeine Geschichte, es soll deine Geschichte werden. Wohin sie führt, mußt du selbst erproben.

Schüler: Aber wo gibt es den Brunnen, in den ich springen könnte?

Lehrer: Weitab und doch nahe . . . Je weiter du in die Welt ausschweifst, um so entfernter bist du ihm. Suchst du bei dir, schaust du über seinen Rand.

Hubertus Halbfas

☞ Islam

»Du hast heute noch nichts gegessen?« Uwe (17) beißt in sein dick belegtes Frühstückbrot und sieht den Mitschüler aus der Schweißerklasse ungläubig an. Cemal nickt gleichmütig. »Wir Moslems haben im Augenblick Ramadan. Das ist unser Fastenmonat.« Cemal fühlt sich gut, obwohl er seit einigen Tagen fastet.

»Warum macht ihr das?« fragt Uwe. »Fasten ist ein Befehl Allahs«, antwortete Cemal. »Wir glauben, daß alles, was von Gott kommt, gut ist.« Uwe scheint sein Brot nicht mehr ganz so gut zu schmecken. Er erinnert sich daran, daß er für sein

Judo-Kampfgewicht ein paar Kilo zuviel auf die Waage bringt. »Und da dürft ihr gar nichts zu euch nehmen?« fragt er neugierig.

»Doch, sicher«, antwortet Cemal. »Wir dürfen nur vom Sonnenaufgang – ungefähr fünf Uhr – bis nach Sonnenuntergang – etwa 19 Uhr nicht essen, nicht trinken und auch nicht rauchen. Danach können wir alles – bis auf Alkohol und Schweinefleisch – essen. Dadurch bleibt auch unser Körper rein.«

Manchem deutschen Jugendlichen klingen solche Verbote hart. Sie wundern sich, daß mehr und mehr türkische Mitschüler sich an die Gebote des Islam halten – und dabei sehr ruhig und ausgeglichen wirken.

Im *Islam* (= Hingabe an den einen Gott) stellt das Fasten eine wichtige religiöse Pflicht für alle Moslems (= Gläubige des Islam) dar. Nicht jeder Moslem muß fasten. Kinder bis zehn Jahre, Kranke, schwangere Frauen und stillende Mütter sind davon ebenso befreit wie Moslems, die körperlich hart arbeiten müssen.

Beim Fasten wird nicht nur auf Essen und Trinken verzichtet. Gleichzeitig wird auch der Glaube gefestigt und an die sozialen Pflichten erinnert. Das geschieht in Gebeten und durch eine Spende für bedürftige Menschen am Ende des Fastenmonats Ramadan.

Ebenso wie Christen und Juden glauben die Moslems an den einen Gott. Allerdings sind sie davon überzeugt, den wahren Glauben zu bekennen, während die Christen ihn durch Irrtümer und Verfälschungen verfehlen (z. B. durch den Glauben an die Dreieinigkeit – Vater, Sohn und Heiliger Geist). Ihre »Bibel« ist der Koran, das »Wort Gottes«.

Christen glauben dagegen, daß Gottes Wort in Jesus Christus Mensch wurde. Im Religionsunterricht der Berufsschule – an dem auch Türken teilnehmen können – erlebe ich häufiger, daß Jugendliche wie Cemal sich in ihrem Glauben viel besser auskennen als evangelische oder katholische Schülerinnen und Schüler. Darum bin ich sehr froh, wenn sie miteinander über ihre unterschiedlichen Religionen ins Gespräch kommen. Wir lernen so den Glauben des anderen kennen und üben uns zugleich in gegenseitiger Achtung.

☞ Jesus

»Ein prima Kumpel, dieser Jesus!« Das war Svens erster Kommentar, nachdem wir in der Klasse gemeinsam das umgedichtete Kirchenlied *»Jesu, meine Freude«* von Gerhard Schöne angehört hatten:

Jesu, meine Freude,
meines Herzens Weide,
Jesu, wahrer Gott.
Wer will dich schon hören?
Deine Worte stören
den gewohnten Trott.
Du gefährdest Sicherheit!
Du bist Sand im Weltgetriebe.
Du, mit deiner Liebe.

Du warst eingemauert.
Du hast überdauert
Lager, Bann und Haft.

Bist nicht totzukriegen!
Niemand kann besiegen
deiner Liebe Kraft.
Wer dich foltert und erschlägt,
hofft auf deinen Tod vergebens,
Samenkorn des Lebens!

Jesu, Freund der Armen,
groß ist dein Erbarmen
mit der kranken Welt.
Herrscher gehen unter.
Träumer werden munter,
die dein Licht erhellt.
Und wenn ich ganz unten bin,
weiß ich dich an meiner Seite!
Jesu, meine Freude.

Gerhard Schöne

Jesus ist die lateinische Form für das hebräische *Jeschua* oder *Jehoschua* und bedeutet soviel wie: Hilfe, Rettung, Heilbringer oder »Der Herr rettet«. Dieser Name kommt im Alten Testament häufig vor (z. B. 1 Chr 24,11). Weltbekannt wurde der Name durch Jesus von Nazareth.

Der bekannte evangelische Pfarrer **Martin Niemöller** (1892–1984), der wegen Widerstands gegen die Nazis in zwei Konzentrationslagern eingesperrt war, hatte ein einfaches, aber wirksames *Rezept* für sich und andere Christen entwickelt, wenn er vor einer wichtigen Entscheidung stand. Er fragte sich: **Was würde Jesus dazu sagen?** Für mich ist das auch einer der hilfreichsten Maßstäbe, nicht nur in religiösen, sondern auch in persönlichen oder politischen Dingen.

Coca
Cola
Peter
Stuyvesant
JESUS
DASH

Jugendgangs

Ein paar Jugendliche verlassen das Bundesligastadion in Richtung Bahnhof. Einer von ihnen hat den Kopf kahlgeschoren. Seine grüne Leinenhose steckt in hohen Schnürstiefeln. »Ranger« nennen sie ihn. Mit neunzehn ist er der Älteste in der Gruppe. Man erzählt von ihm, er sei im vergangenen Jahr in einem militärischen Ausbildungslager im Libanon gewesen. Er selbst redet nie darüber . . .

»Bomber« heißt der andere. Er hat einen schwarzen Schnäuzer. Auf dem rechten Ärmel seiner Fliegerjacke prangt ein Abzeichen: »Ich bin stolz, ein Deutscher zu sein.« (. . .) Zwei Jungen kommen ihnen entgegen. Ihre dunklen Augen und die schwarzen Haare »verraten« sie als Ausländer . . . Als sie auf gleicher Höhe sind, stellt Bomber sich den beiden Ausländern in den Weg. Jetzt ist es zu spät zur Flucht. »Du stinkst«, sagt Bomber kalt zu dem Jungen. »Knoblauch, stimmt's?«

Der nickt, als ginge es um sein Leben. Der andere Junge versucht zu entkommen. Nach drei, vier Schritten hat Ranger ihn am Ärmel. »Was kaut ihr da?« fragt Bomber. »Laß sehen!« . . . Unvermutet versetzt Ranger einem der beiden Jungen einen wuchtigen Fußtritt in den Unterleib. Schreiend torkelt der nach vorn. Der andere will fortlaufen, stolpert aber über Rangers Bein und fällt lang auf den Weg. Sofort ist Bomber über ihm und tritt ihn ins Gesicht.

Im Religionsunterricht der Berufsschule habe ich öfter mit jungen Männern zu tun, die ähnlich sind wie Ranger und Bomber. Ich spreche sie während der Stunde darauf an, weil ich denke, daß ihre Gewaltbereitschaft und die Feindesliebe Jesu, an die ich glaube, im Widerspruch stehen. Dabei kommt es fast immer zu fruchtbaren Auseinandersetzungen. Aus zahlreichen Gesprächen weiß ich, daß man die zur Gewalt bereiten Jugendgangs grob in vier Gruppen einteilen kann:

1. Deutsche Jugendliche aus Familien mit sozialen Problemen schließen sich häufig den Skinheads an. (Merke: Nicht alle Skins sind aber Faschos. Lediglich, die mit den weißen Schnürsenkeln, die für *White Power* stehen).
2. Fußballfans (Hooligans), die Abenteuer und Auseinandersetzung suchen; sie stammen oft aus gutbürgerlichen Familien. Sie sind als rechtsextrem zu bezeichnen.
3. Gewaltbereite Punks und Autonome (= Selbständige, Unabhängige) wollen häufig durch gewaltsame Auseinandersetzungen »zu sich selber« finden bzw. bestimmte politische Überzeugungen durchsetzen.
4. Ausländerkinder der zweiten Generation – meistens Türken – schließen sich zu Gangs zusammen, um sich gegen die wachsende Fremdenfeindlichkeit zu wehren.

Im Rundgespräch der Klasse klären wir zunächst die Standpunkte. Jeder kommt zu Wort und wird auch gehört. Danach weise ich auf das Angebot Jesu hin, das er in der Bergpredigt macht: *Liebt eure Feinde!* (Mt 5,38 ff.)

Für mich bedeutet das, hinter dem gehaßten Feind, den Menschen zu sehen, den Gott ebenso liebt wie mich. Und ihn – nach meinen Kräften – auch als solchen zu behandeln.

Kirche anders

»Und wenn der Staat kein Geld mehr hätte, um die Kosten für die Armen, für die Behinderten, für die Flüchtlinge zu bezahlen, was würdest du dann sagen?« Anne ließ nicht locker. Ich wurde richtig ungeduldig und sagte: »Wenn, wenn, wenn ... dann hätte die Kirche ja auch noch Geld, oder?«

Das war das Stichwort. Anne legte sofort los, und wir stritten bestimmt fünf Minuten lang bis zum Pausengong. Sie meinte, das würde die Kirche nie tun, und ich vertrat das Gegenteil. Dann fiel mir die Geschichte von dem brasilianischen Erzbischof Paulo Evaristo Arns ein, die mich tief beeindruckt hatte:

Als er vor mehr als zwanzig Jahren in die Gemeinde nach São Paulo kam, verkaufte er als erstes den erzbischöflichen Palast an einen japanischen Industriekonzern. Die vier Millionen Dollar, die er dafür bekam, steckte er sofort in den Bau von Gemeinschaftseinrichtungen für die Armen, die sich dort geborgen fühlen konnten und menschliche Wärme erfuhren. Er hat das getan, weil er von Anfang an wollte, daß die Kirche glaubwürdig ist. Reichtum inmitten dieses Elends ist nicht glaubwürdig.

Die Geschichte erzählte ich Anne. Aber sie wollte mir kein Wort abnehmen. »Das kann gar nicht sein«, sagte sie und wurde laut. »Wenn ich an unsere Kirche denke ... Unmöglich!«

»Die *Kirche* ist zu reich!« Diesen Vorwurf habe ich in den vergangenen Jahren häufig von jungen Leuten gehört. Und in der Tat: die meisten von uns erleben die Kirchen in unserem Land als Einrichtungen, die genug Geld haben. Sicherlich wird viel Geld ausgegeben, um Menschen in vielfältiger Weise zu helfen. Im Vergleich zu den Kirchen in den »Entwicklungsländern« geht es den Kirchen in unserem Land wirtschaftlich mehr als gut.

Jesus sagt uns in der Bergpredigt:

Ihr sollt euch nicht Schätze sammeln auf Erden, wo sie die Motten und der Rost fressen und wo die Diebe einbrechen und sie stehlen ... Denn wo euer Schatz ist, da ist euer Herz ... Niemand kann zwei Herren dienen: entweder er wird den einen hassen und den andern lieben, oder er wird an dem einen hängen und den andern verachten. Ihr könnt nicht Gott dienen und dem Mammon ... (Mt 6,19 ff.)

Dom Hélder Câmara, Erzbischof in Brasilien, wird vom Volk »Bischof der Armen und Unterdrückten« genannt. Er sagt sehr deutlich:

»In meiner Kindheit dachte ich zuweilen, daß Christus vielleicht übertrieben hatte, als er von der Gefahr des Reichtums sprach. Heute weiß ich, daß es sehr schwierig ist, reich zu sein und Mensch zu bleiben. Das Geld bedeckt gewöhnlich die Augen mit gefälligen Schuppen und läßt den Menschen zu Eis werden – die Hände, die Augen, die Lippen und das Herz werden gefährlich kalt.«

☞ Kritik

Hier ein Tip von Bruno-Paul de Roeck, wie du mit Kritik umgehen kannst, die dir schwer im Magen liegt. Das Rezept stammt aus Antwerpen und heißt dort »Spikket morammel immanklak, kzallekikket weloitzuuke.« (Spuck nur alles in meinen Hut, ich werde mir dann schon was heraussuchen.)

Es geht so:

Schreibe den Vorwurf oder die Kritik, die dir zu schaffen machen, auf einen Zettel, und lege diesen dann in deine Mütze oder deinen Hut. (Zur Not geht auch ein Brotkörbchen.)

Lege die Mütze oder stelle das Brotkörbchen in ungefähr sechzig Zentimeter Abstand vor dich hin und schaue es an.

Mache dir klar, daß du selbst hier sitzt, auf deinem Stuhl, und daß der Vorwurf oder die Kritik dort liegt, nämlich in der Mütze, dem Hut oder dem Brotkorb. Nun nimm den Zettel mit den Fingerspitzen. Beschnuppere ihn. Lies den Vorwurf. Schnuppere noch einmal und bestimme selbst, wie groß das Stück dieser schriftlichen Forderung sein soll, das du annehmen oder ablehnen willst.

Nachdem du dies weißt, reiße den ausgewählten Teil ab und iß ihn auf. Den anderen Teil wirf weit weg.

Der gute Einfluß, den dieser Vorgang auf die Gesundheit ausübt, ist erstaunlich. Besonders bei Schlaflosigkeit, Migräne, Magengeschwüren, bestimmten Krebsarten, Atemnot, Rückenbeschwerden, schwammigem Gefühl im Bauch, Lampenfieber usw. . . .

Dem Rezept von Bruno ist nichts hinzuzufügen.

☞ Leben

Lisa (18) erzählt von einem merkwürdigen Erlebnis, das sie als Fünfzehnjährige mit Dubbel und einigen seiner Stadtstreicher-Freunde auf dem Friedhof hatte:

Die Herbstsonne ist an diesem Mittag, so kurz nach der Beerdigung, warm wie an den Vortagen. Dubbel schwitzt unter dem Hut, das kann ich merken.

»Atze«, ruft er seinen Freund ans Grab. »Jetzt du.«

Atze tritt neben ihn, greift in seine Jackentasche und holt die Mundharmonika heraus. Es ist mäuschenstill, als sein **»Junge, komm bald wieder«** über den Gräbern erklingt.

Ich kriege das alles nicht mehr in die Reihe und will weglaufen. Irgend etwas hält mich wie mit unsichtbaren Händen zurück. Also bleibe ich und hoffe inständig, von keinem meiner Bekannten oder Freunde hier zufälligerweise entdeckt zu werden . . .

Anschließend besuchen wir Ole. Atze hatte darauf bestanden. Bald weiß ich auch, warum er die beiden prall gefüllten Plastiktüten auf den Friedhof mitgebracht hat. An Oles Grab, das nur wenige Meter weiter zwischen den Lebensbäumen liegt, packt Atze aus.

»Setzt euch erst mal. Es ist Mittagszeit, wir haben einen anstrengenden Gang hinter uns. Jetzt wollen wir spüren, daß wir noch leben.« Dann breitet er eine blaue Decke zwischen den Gräbern auf das kleine Stück Rasen und legt die Tüten darauf. Dubbel und Elvira reißen sie auf.

»Oh, halbe Hähnchen«, sagt Dubbel. »Das hast du gut gemacht, Atze.« Elvira legt ein paar Brotscheiben zurecht, jeder greift ein knuspriges Hähnchenbein.

»Laßt es euch gut schmecken«, ruft Atze und entkorkt dabei eine Sektflasche. Mit spritzigem Knall fliegt der Korken über die Gräber, der Sekt perlt in die Gläser, die Atze aus seiner Tüte gezaubert hat. »Auf euer Wohl, liebe U. und lieber Ole. Es lebe das Leben!«

Ich muß laut lachen, und das auf einem Friedhof. Zuerst hätte ich nicht geglaubt, auch nur einen Bissen herunterzubekommen. Dann aber sehe ich, wie die anderen zulangen, aufs Leben anstoßen und den Tod auslachen. Nach drei Schlucken Sekt habe ich fast schon einen Schwips.

Wir essen und trinken, um1armen uns zärtlich, und sogar Peter singt am Ende mit, als Atze noch einmal seine kleine Mundharmonika hervorholt und dem alten Freund Ole das **»Junge, komm bald wieder«** spielt.

Am Ausgang des Friedhofs zieht Dubbel seinen schwarzen Filz vom Kopf und wirft ihn zwischen die vertrockneten Kränze und Blumen.

»Wie geht es dir jetzt?« frage ich ihn. Ein Lächeln spielt um seine Lippen, und er sieht mich mit seinem durchdringenden Blick lange an: »Ich lebe. Hast du mehr zu bieten?«

Liebe

Nach sechs Jahren – Liebe erweckte Bauern aus dem Koma

Wien (ap) Die Liebe seiner Frau soll den 37jährigen Bauern Hans Lang im oberösterreichischen Schärding nach fast sechsjährigem Koma wieder zum Leben erweckt haben. Er sei wieder ansprechbar, esse, trinke und könne sich sogar an die Zeit vor seinem Sturz vom Heuboden im August 1987 erinnern. Damals hatte sich Lang (. . .) schwere Kopfverletzungen zugezogen.

Seine Frau Waltraud, Mutter von drei Kindern im Alter von sechs, acht und dreizehn Jahren, berichtete: »Die Ärzte haben mir gesagt, daß es kaum eine Hoffnung gibt.« Sie fügte hinzu: »Ich hab' die Hoffnung aber nie aufgegeben. Ich hab' den Hans jeden Tag besucht, mit ihm gesprochen und ihm erzählt, was daheim so los war und wie es unseren Kindern geht.«

Lang hatte nach dem Unfall auf seinem Hof in Rainbach monatelang in Lebensgefahr geschwebt und war dann zum Pflegefall geworden. Bis vor wenigen Wochen lag der an den Folgen des Unfalls auch erblindete Mann in einem Pflegeheim in Schärding. Er reagierte nicht und mußte künstlich ernährt werden. Aber die Zuwendung seiner Frau könne das »Wunder von Schärding« bewirkt haben. Lediglich mit dem Kurzzeitgedächtnis und beim Sprechen habe Lang noch Probleme. Die Ärzte schließen aus, daß Lang wieder in der Landwirtschaft arbeiten kann. Ein anderer Beruf sei aber durchaus denkbar.

Liebe ist kein eindeutiger Begriff. Mit diesem Wort beschreibt eine Schlagersängerin etwas anderes als der Pfarrer auf der Kanzel oder die Prostituierte auf dem Straßenstrich. Um die Liebe ein wenig näher zu verstehen, die den Bauern Hans Lang ins Leben zurückgeholt hat, teilen wir den Begriff in vier Bereiche auf:

philia (griech.) = Liebe zu einer Sache
eros (griech.) = zärtliche Liebe, Begeisterung für das Schöne
sexus (lat.) = körperliche Liebe, Geschlechtstrieb
agape (griech.) = helfende Liebe bis hin zur Aufopferung für den anderen

Ich bin davon überzeugt, daß *agape*, die aufopferungsbereite Liebe seiner Frau, die wichtigste Rolle bei der »Erweckung zum Leben« gespielt hat.

Aus dem Neuen Testament fällt mir dazu die Geschichte ein, in der Jesus seinen verstorbenen Freund Lazarus, den er sehr liebte, aus der Höhle des Todes ins Leben zurückholte (Joh 11).

In diesem Zusammenhang ist von einer *Liebe* die Rede, die fest an Gottes Zusage glaubt, daß das Leben stärker ist als der Tod. Hier ist eine Liebe am Werk, die die Hoffnung nicht aufgibt.

Magie

Aus Italien schrieb mir eine frühere Schülerin unter anderem in einem Brief:

»Ich wohne nun schon seit zwei Jahren hier. Und da ich immer sehr nervös war und Rückenschmerzen hatte, brachte mich ein Bekannter zu einem ›Mann‹.... Soviel ich weiß, ist die Frau dieses Mannes auf mysteriöse Weise bei einem Unfall gestorben. Er hat Kreuze, Weihwasser und verschiedene Bilder von Jesus und seiner verstorbenen Frau in einem kleinen Raum stehen. Er nimmt kein Geld. Er sagt, wenn ihr etwas geben wollt, so gebt es der Kirche als Spende.

Also, wenn man zu ihm geht, kommt man in den Raum, setzt sich hin (Beine und Arme nicht über Kreuz). Zuerst betet er vor seiner Frau und Jesus, schlägt das Kreuz. Dann kommt er zu der Person, die Hilfe sucht, und hebt die Arme. Die Person bekreuzigt sich. Er hält ein Kreuz aus Holz in den Händen, schließt die Augen und gähnt manchmal. Er sagt, das Gähnen bedeute, daß etwas ›Böses‹ in der Person ist. Dann empfiehlt er der Person, wiederzukommen.

Die Leute sagen, er würde den Teufel austreiben ...

Ich weiß auf jeden Fall, daß ich mich ›leichter‹ fühle, wenn ich von ihm komme. Ich schlafe dann wie ein Murmeltier und bin auch nicht mehr nervös. Was halten Sie von dieser Sache?«

Magie (griech.: Geheimkunst, Zauberei) ist eine Denkweise, die dem naturwissenschaftlichen Denken von Ursache und Wirkung widerspricht. Magie meint, durch bestimmte Handlungen Raum, Zeit und Naturgesetze überschreiten zu können und gleichzeitig in unserer Welt zu wirken. Mit magischen Praktiken (s. a. die Hinweise im Brief oben) kann der Magier angeblich Menschen, Tiere, Pflanzen und Gegenstände »zwingen«, ihm zu Willen zu sein. Dabei glaubt der Magier, daß ihm verborgene Naturkräfte oder auch göttliche bzw. dämonische Mächte zu Hilfe kommen.

Häufig wird zwischen *weißer* Magie (= hilfreich für den Menschen, z. B. Heilung wie in unserem Fallbeispiel) und *schwarzer* Magie (= schädlich, bringt Unglück, Krankheit usw. für den Menschen) unterschieden.

Meiner ehemaligen Schülerin wird wohl vor allem dadurch Linderung ihrer Beschwerden zuteil, daß sie fest an die Fähigkeiten des Heilers glaubt. Wir wissen ja aus der Medizin, daß ein starker Glaube einen erheblichen Einfluß auf den eigenen Körper und dessen Wohlbefinden hat.

Auch von Jesus wird in der Geschichte von der »Heilung eines Mondsüchtigen« (Mt 17,14 ff.) berichtet, daß er dem Glauben die Macht zutraut, Berge zu versetzen. *»So ihr Glauben habt wie ein Senfkorn – sagt er zu seinen Jüngern – so mögt ihr sagen zu diesem*

Berge; Hebe dich von hinnen dorthin! so wird er sich heben; und euch wird nichts unmöglich sein.« Der von Jesus angesprochene Glaube vertraut auf Gottes Hilfe und nicht auf das eigene Können.

Der Magier in unserem Fallbeispiel praktiziert m. E. eine merkwürdige Mischung von »Zauberei« und christlichem Glauben, die allerdings nicht nur in Italien, sondern auch hierzulande (z. B. »Besprechen« von Warzen usw.) anzutreffen ist. Ich persönlich habe eine gehörige Portion Zweifel an solcher Art magischer Heilung.

Masken

Bitte höre, was ich nicht sage! Laß dich nicht von mir narren. Laß dich nicht durch das Gesicht täuschen, das ich mache. Denn ich trage tausend Masken – Masken, die ich fürchte abzulegen. Und keine davon bin ich.

Ich mache den Eindruck, als sei ich umgänglich, als sei alles sonnig und heiter in mir, so, als brauchte ich niemanden.

Aber glaub mir nicht, bitte glaub mir nicht! Mein Äußeres mag sicher erscheinen, aber es ist eine Maske. Darunter ist nichts Entsprechendes. Darunter bin ich, wie ich wirklich bin . . . aber ich verberge das. Ich möchte nicht, daß es irgend jemand merkt. Gerade deshalb erfinde ich Masken, hinter denen ich mich verbergen kann, die mich sichern gegen den Blick, der um alles weiß. Dabei wäre dieser Blick gerade meine Rettung. Wenn er verbunden wäre mit Angenommenwerden, mit Liebe.

Das ist das einzige, das mir Sicherheit geben würde, die ich mir selbst nicht geben kann: daß ich wirklich etwas wert bin.

Aber das sage ich dir nicht. Ich wage es nicht. Ich fürchte, du wirst gering über mich denken und über mich lachen

– und dein Lachen würde mich umbringen. Ich habe Angst, daß ich tief drinnen in mir selbst nichts bin und nichts wert.

So spiele ich mein Spiel, mein verzweifeltes Spiel: eine sichere Fassade außen und ein zitterndes Kind innen.

Tobias Brocher

Masken sind Gesichtsverhüllungen, die das wirkliche Gesicht verbergen sollen. Bei alten Völkern wurden sie als Schmuck der Toten verwendet (z. B. die Totenmaske des ägyptischen Pharao Tut-ench-Amun (um 1350 v. Chr.). Naturvölker tragen teilweise bis heute Masken beim Tanz. Bei den alten Griechen und Römern wurden Masken auf der Bühne getragen. Sie galten daher als Sinnbild der Schauspielkunst. Noch heute werden auch im Karneval Masken gebraucht, nicht zuletzt um die tatsächliche Person dahinter zu verstecken.

Im christlichen Glauben erfahren wir, daß wir von Gott angenommen und anerkannt sind – noch bevor wir irgend etwas selber geleistet haben. Meinen Schülern sage ich das etwa mit folgenden Worten: Gott sagt jedem von uns: *»Mensch, ich hab' dich lieb. Meine Liebe brauchst du dir nicht erst zu verdienen. Und weil ich dich liebhabe, bist du etwas wert. Du hast es daher auch nicht nötig, dich vor mir hinter einer Maske zu verstecken oder eine Schau abzuziehen.«*

Menschlichkeit

Das Ende der Nacht

Ein Rabbi fragte seine Schüler: »Wann ist der Übergang von der Nacht zum Tag?«

Der erste Schüler antwortete: »Dann, wenn ich ein Haus von einem Baum unterscheiden kann.«

»Nein«, sagte der Rabbi zur Antwort.

»Dann, wenn ich einen Hund von einem Pferd unterscheiden kann«, versuchte der zweite Schüler eine Antwort.

»Nein«, antwortete der Rabbi. Und so versuchten die Schüler nacheinander, eine Antwort auf die gestellte Frage zu finden.

Schließlich sagte der Rabbi: »Wenn du das Gesicht eines Menschen siehst und du entdeckst darin das Gesicht deines Bruders oder deiner Schwester, dann ist die Nacht zu Ende, und der Tag ist angebrochen.«

Martin Buber

Menschlich zu sein ist eine der schwierigsten Verhaltensweisen für jeden von uns. Es bedeutet nämlich, anzuerkennen, daß jeder Mensch gleich viel wert ist. Das ist besonders schwer in einer Welt, die vor Ungleichheit nur so strotzt. So ist die Gleichheit der Menschen auch kein starrer Zustand, sondern ein Weg, auf dem wir uns gemeinsam befinden. Das **Ziel** ist die Menschlichkeit.

Wenn wir den Satz ernst nehmen, daß Gott der Vater aller Menschen ist, dann folgt daraus: Wir Menschen sind alle Schwestern und Brüder. Vor Gott gibt es keine grundsätzlichen Unterschiede. Er hat in Adam und Eva alle Menschen nach seinem Bild geschaffen. Und Jesus Christus ist nicht nur für uns Deutsche gestorben, sondern für alle Menschen. Da wird keiner bevorzugt oder benachteiligt.

In der Apostelgeschichte sagt Petrus: *»Wahrhaftig, jetzt begreife ich, daß Gott die Person nicht ansieht; sondern wer ihn fürchtet und recht tut, der ist ihm angenehm, gleich welchem Volk er angehört.«* (Apg 10,34–35)

Zehnfache Ermutigung zur Menschlichkeit

(zugesagt durch ein Wesen, das es gut mit uns meint)

1. Du bist frei und menschlich. Laß dich von niemandem zum Sklaven machen, und unterdrücke keinen Menschen. Vertraue denen, die alltägliche Zwänge überwinden. Du gehörst zu ihnen.

2. Du bist mein Ebenbild, deshalb brauchst du dich nicht selbst darzustellen – weder in gewaltigen Werken noch durch mächtige Taten. Laß dich nicht zum Instrument irgendeines Größenwahns machen. Huldige keinem Führer, diene keiner fixen Idee, und sei unbesorgt um dein Image: Du bist und bleibst unverwechselbar für mich.

3. Du bist mein Vertrauen, denn du wirst mich nicht einspannen für eigennützige Ziele. Aber mißtraue denen, die im Namen der Liebe Haß predigen, Gewalt rechtfertigen und dir so deine Freiheit rauben wollen.

4. Du hast Zeit. Laß dir den Tag nicht nehmen, an dem du das

Leben genießt und deine Arbeit ruht. Sei fröhlich an diesem Tag, an dem du einfach da bist, ohne etwas dafür zu tun.

5. Du bist mündig. Trenne dich von Menschen, die dich bevormunden wollen, aber sorge für die, die Verantwortung für dich getragen haben, damit auch du in Würde alt wirst.

6. Du bist unersetzbar: Was du auch immer tust – niemand hat das Recht, dein Leben einzufordern, es zu zerstören oder auch nur für irgendwelche Ziele aufs Spiel zu setzen.

7. Du kannst lieben und bist es wert, geliebt zu werden. Sei behutsam in deiner Partnerschaft, denn Liebe macht doppelt verletzbar.

8. Du hast Bedürfnisse. Was du zum Leben brauchst, das sollst du dir nehmen. Was du hast, wirst du teilen, wenn andere Not haben.

9. Du bist wahrhaftig. Richte dich nicht ein mit der Lüge, sondern stehe zu dem, was für dich wahr ist. Schenke jedem Vertrauen, aber laß dir nichts einreden.

10. Du hast Wünsche. Erzwinge sie nicht. Du zerstörst sie sonst. Laß das, was andere erreicht haben, nicht zum Maßstab deines Glücks werden. Nimm deine eigenen Gaben wahr, und gehe freizügig damit um.

Diese zehnfache Ermutigung fand ich zufällig beim Stöbern auf einem vergilbten [DIN-]A4-Blatt ganz unten in dem Schrank, der im Reli-Raum steht. Ich weiß nicht, wer der Verfasser ist. Herzlichen Dank, unbekannterweise. Deine Sätze haben mich nachdenklich gemacht.

Mut

Vor ein paar Tagen hatte ich ein neues Plakat in unserem Reli-Raum aufgehängt, links neben der Tür. Genauer gesagt, waren es drei [DIN-]A3-Blätter mit einem langen Text darauf. Es hatte bereits zur Pause geklingelt, und die meisten Schüler der Metaller-Klasse waren schon draußen. Wolfgang (17) war vor dem Plakat stehengeblieben und las in dem Text. Ich hatte noch etwas einzutragen und achtete nicht weiter auf ihn.

»Wissen Sie«, sagte er plötzlich. »Ein oberharter Text, den mein Namensvetter da geschrieben hat.« Verblüfft sah ich zu ihm hinüber. »Ja«, meinte er. »Sehen Sie doch mal, was Wolfgang Borchert hier geschrieben hat:

Du, Mann an der Maschine und Mann in der Werkstatt. Wenn sie dir morgen befehlen, du sollst keine Wasserrohre und keine Kochtöpfe mehr machen – sondern Stahlhelme und Maschinengewehre, dann gibt es nur eins: Sag NEIN!«

In unserer Firma stellen wir Achsen her, für LKWs zum Beispiel. Wenn die für militärische Zwecke gebraucht werden sollten – was soll ich dann tun? Wenn ich NEIN sage, dann werfen die mich doch glatt raus. Dazu habe ich nicht den Mut. Übrigens – wer ist das eigentlich, dieser Wolfgang Borchert?«

Ich erzählte ihm, daß sein Namensvetter Wolfgang ein junger Schriftsteller aus Hamburg war, der als 20jähriger in den Krieg geschickt wurde, 1945 krank nach Hause kam und zwei Jahre später – 1947 – an den Folgen des Krieges und der Krankheit starb. Er war gerade 26 Jahre alt.

Wolfgang hatte mittlerweile weitergelesen: »Es steht auch was über Sie hier drauf: ›Du, Pfarrer auf der Kanzel. Wenn sie dir morgen befehlen, du sollst den Mord segnen und den Krieg heilig sprechen, dann gibt es nur eins: Sag NEIN!‹ Würden Sie dann NEIN sagen?« Ich sah Wolfgang an. »Ich möchte schon«, antwortete ich.

Mut bedeutet im Neuhochdeutschen soviel wie beherzte Stimmung gegenüber einem Wagnis oder einer Gefahr.

Im Jahr 1983 hat die 6. Vollversammlung des Ökumenischen Rates der Kirche in Vancouver (Kanada) in ihrer »Erklärung zu Frieden und Gerechtigkeit« folgende Sätze gesagt:

»Die Kirchen sind heute aufgerufen, ihren Glauben neu zu bekennen und Buße zu tun für ihr Schweigen angesichts von Ungerechtigkeit und Bedrohung des Friedens. Für die Jünger gibt es keine Alternative (= andere Möglichkeit, d. Vf.) zur biblischen Vision (= Vorstellung, d. Vf.) vom Frieden, der Gerechtigkeit für alle einschließt . . . Dies ist das Gebot der Stunde.«

Dazu gehört natürlich Mut. Nicht nur für Christen. Darüber sind Wolfgang und ich uns noch in der Pause einig geworden, daß zu einem NEIN, das nur ein paar Menschen wagen, mehr Mut gehört als zu einem JA, das alle sagen.

Okkultismus

kommt von dem lateinischen Wort *occultus.* Es bedeutet soviel wie: verborgen, geheim. Seit dem Altertum sind uns Erscheinungen bekannt, die mit diesem Wort beschrieben werden: geheimnisvolle, verborgene Kräfte der menschlichen Seele und der Natur, die uns umgibt. Diese Mächte sollen das naturgesetzlich Faßbare übersteigen. Deshalb werden sie oft auch als paranormal (= über-normal) bezeichnet.

Dazu zählen zum Beispiel:

- Astrologie = menschliches Schicksal wird aus den Sternen gedeutet
- Kartenlegen = mit Hilfe von Tarot-Karten werden Leben und Zukunft vorausgesagt
- Magie = geheimnisvolle, zauberische Kräfte werden für eigene Interessen eingesetzt
- Pendeln = mit Hilfe eines Pendels werden Antworten fürs Leben gefunden
- Spiritismus = Lehre von den Geistern in einer jenseitigen Welt
- Wünschelrute = mit Hilfe dieses Werkzeugs werden z. B. Wasser oder Metalle gefunden

Welche Bereiche insgesamt zum *Okkultismus* dazugehören, ist umstritten. Die Grenzen sind nicht genau zu ziehen.

Viele Menschen haben ein Interesse an verborgenen Mächten. Auf der einen Seite machen uns die unerklärlichen Erscheinungen *Angst,* auf der anderen Seite erleben wir sie aber auch als *Faszination* (= Neugier, Gefühlserregung, Begeisterung).

Auch in der *Bibel* werden derartige Erscheinungen erwähnt.

König Saul läßt von der Totenbeschwörerin in Endor den Geist des toten Samuel erscheinen (1 Sam 28,3 ff.).

Vom König Manasse wird berichtet, daß er seine Söhne durchs Feuer gehen ließ, auf Zeichen und Vogelgeschrei achtete, Zauberei trieb und sowohl Zeichendeuter und Geisterbeschwörer bestellte. Damit tat er Dinge, die Gott mißfielen und ihn erzürnten (2 Chr 33,6).

Die Weisen aus dem Morgenland in der Weihnachtsgeschichte waren auch Sterndeuter (Mt 2,2).

Und was sind die »guten Mächte«, von denen wir so »wunderbar geborgen« sind? (Dietrich Bonhoeffer) Ich vertrete die Ansicht, daß wir Menschen sicherlich aufs Ganze gesehen nur wenig wissen. Trotzdem gibt es für mich keinen Grund, Geister oder außersinnliche Kräfte anzunehmen, solange sich eine Erscheinung auf natürliche Weise – z. B. durch einen Zaubertrick oder ein naturwissenschaftliches Experiment – erklären läßt (wie beim Glasrücken beispielsweise).

Galileo Galilei hat sicherlich recht: er geht bei seinen Experimenten davon aus, erst dann die Wirkung unbekannter Kräfte anzunehmen, wenn sich Beobachtetes nicht auf Bekanntes zurückführen läßt.

Rassismus

»Die beiden kleinen Jungen sahen mich kommen. Einer von beiden zeigte mit dem Finger auf mich. Der andere blickte mich mit weit aufgerissenen Augen an und schrie laut auf. Dann rannten beide auf ihr Haus zu, klingelten und stürzten hinein.«

Sheik ist sehr nachdenklich, als er sein Erlebnis aus der vergangenen Woche erzählt. Es war in einem kleinen Dorf in der Nähe von Köln.

Sheik ist 23 Jahre alt. Er ist Berufsschüler in einer Malerklasse. Und er ist farbig. Sheik stammt aus Afrika und lebt erst seit ein paar Jahren hier.

»Ich bin dann zu dem Haus gegangen und habe geklingelt. Die Mutter der beiden Jungen öffnete die Tür. ›Ihre Kinder brauchen keine Angst vor mir zu haben. Nur weil ich dunkle Haut habe, bin ich noch kein Verbrecher‹, sagte ich zu der jungen Frau. Sie starrte mich einen Augenblick lang an, als sei

Machen Sie den Test!

Die Arbeitsgruppe SOS-Rassismus hat einen Test vorbereitet, mit dem Du Dich selbst überprüfen kannst.

BIN ICH RASSISTiN?

1. Welche Eigenschaften haben Deiner Meinung nach AusländerInnen.
(Du kannst max. fünf Eigenschaften ankreuzen)

schwach	schön
lustig	feige
häßlich	sauber
gescheit/klug	hinterhältig
dumm	offen
faul	freundlich
herrschsüchtig	fortschrittlich
aufgeschlossen	angriffslustig
besitzgierig	grausam
stark	tapfer
fleißig	friedlich
gerecht	schmutzig

Testergebnis

Sehr geehrte Testperson,

wir bedauern, Ihnen mitteilen zu müssen, daß Sie diesen Test nicht bestanden haben.

Allein, weil es gar nicht möglich ist, AusländerInnen + Deutsche nach o. g. Eigenschaften zu unterscheiden, Sie aber dennoch die Dreistigkeit besaßen, Deutsche und AusländerInnen gegeneinander auf- bzw. abzuwerten, bleibt Ihnen nun nur noch eins:

Bitte begeben Sie sich wortlos und unauffällig auf die nächstgelegene Toilette, stellen Sie sich standfest vor den Spiegel und beißen Sie sich selbst kräftig und nachhaltig in das rechte Ohr. Vielleicht begreifen Sie jetzt, daß Rassismus auch weh tun kann.

Danach beginnen Sie bitte den Test noch einmal.

Danke

2. Welche Eigenschaften haben Deiner Meinung nach die Deutschen.
(Du kannst max. fünf Eigenschaften ankreuzen)

schwach	schön
lustig	feige
häßlich	sauber
gescheit/klug	hinterhältig
dumm	offen
faul	freundlich
herrschsüchtig	fortschrittlich
aufgeschlossen	angriffslustig
besitzgierig	grausam
stark	tapfer
fleißig	friedlich
gerecht	schmutzig

Testergebnis

Sehr geehrte Testperson,

Sie haben wirklich recht; dieser Test ist einfach nur blöd, dreist, dumm, widersinnig, hirnrissig, total von der Rolle…
und eignet sich eigentlich nur zur Ablage im Mülleimer.

Genau das haben wir lange Zeit auch gedacht,
– mußten dann aber bitter feststellen, wie tief und fest die „Ideologie der Ungleichheit" heute noch (zum Teil auch bei uns selber vorhanden und wirksam ist).

Daß Sie sich diesem Test widersetzt haben, zeichnet Sie aus.

Von daher wünschen wir Ihnen auch für Ihre Zukunft den „aufrechten Gang".

Danke

Gebrauchsanleitung

Der AG-SOS-Rassismustest eignet sich auch ganz hervorragend zur Eröffnung von Gesprächen in (Groß-)Gruppen.

Dieser Test geht davon aus, daß Rassismus nicht nur weit weg von hier, z. B. in Südafrika, stattfindet, sondern hier bei uns jeden Menschen, auch Dich und mich, betrifft.

Wie schwierig es ist, nicht rassistisch zu sein, merkst Du, wenn Du selbst auf dem Testbogen Deine Kreuzchen machen möchtest.

Also:

1. Testbogen kopieren
2. Testbogen und Testergebnisse ausschneiden
3. Testbogen verteilen, nach max. 3 Minuten einsammeln und sofort (wenn angekreuzt wurde), das negative Ergebnis; wenn der Test verweigert oder zerrissen o. ä. wird – das positive Ergebnis, zurückgeben.
4. Gespräch …wo beginnt eigentlich Rassismus, was ist Rassismus, ist der Test blöd…

ich ein Wesen von einem fremden Stern. Dann schlug sie wortlos die Tür vor meiner Nase zu.«

Sheik ist traurig. »Warum machen Menschen solche Unterschiede? Wir sind doch alle Kinder dieser Erde, oder?«

Rassismus ist aus Angst geboren. Angst vor dem Fremden, dem nicht Einschätzbaren, vor dem, was anders ist als ich selber.

Wichtige Grundbestandteile des Rassismus sind:

- Rassistische Weltanschauung – bestimmte rassische Gruppen werden »von Natur aus« als überlegen oder unterlegen eingestuft.
- Auf Vorurteilen beruhende Einstellungen – bestimmte Gruppen gelten aufgrund der ihnen zugewiesenen »Minderwertigkeit« als fälschlicherweise kriminell, dreckig, arbeitsscheu, geldgierig usw. So wird ihnen auch die Schuld an »Wohnungsnot, Arbeitslosigkeit« oder »Überfremdung« aufgebürdet.
- Herabwürdigende Verhaltensweisen – als minderwertig angesehene Gruppen dürfen herabsetzend behandelt, beherrscht oder sogar ausgerottet werden.
- Scheinwissenschaftliche Begründungen werden häufig als Rechtfertigung für diskriminierende Handlungsweisen gegenüber den Mitgliedern sogenannter »minderwertiger Gruppen« herangezogen

Nach christlichem Verständnis ist jeder Mensch von Gott geschaffen und hat darum ein Anrecht, als Mensch anerkannt zu werden. Jeder Mensch, ganz gleich, welcher Nation er angehört, welche Hautfarbe er hat, welcher Religion oder politischen Überzeugung er zuneigt, ist in dem ersten Menschen ADAM von Gott mit gleicher Würde und gleichem Lebensrecht geschaffen worden.

Rechtsextremismus

Aus einem SPIEGEL-Interview mit der »Lichtenberger Streetgang«:

SPIEGEL: Marc, du trägst ein Bärtchen wie Adolf Hitler. Was hat das zu bedeuten?
MARC: Auf der einen Seite steh' ich auf Charlie Chaplin. Auf der anderen Seite bin ich aber unwahrscheinlich für das Deutsche Reich. Mich nennen sie hier »Führer« oder »Adolf« . . . Wir sind fürs Vaterland, für unser Deutschland. Wir wollen die polnischen Ostgebiete wiederhaben, auch wenn wir dafür zahlen müssen. Ich meine, Krieg ist so 'ne Sache für sich. Das soll möglichst friedlich gehen.
SPIEGEL: Gegen Gewalt habt ihr doch aber nichts.
MARC: Nur, wenn wir angegriffen werden . . .

In der Auseinandersetzung, die wir auch im Religionsunterricht führen, weil sich Christen in politische Dinge einzumischen haben, vor allem wenn sie menschenverachtend sind, werden verschiedene Begriffe häufig verschwommen und unklar gebraucht: rechtsradikal, rechtsextrem, neo-nazistisch, nazistisch und faschistisch.

Klare Unterscheidungen sind nicht einfach, da es mehr verbindende als trennende Grundzüge zwischen diesen Begriffen und den dazugehörigen Gruppen und Parteien gibt.

Was können wir gegen Rechtsextremismus tun?

Wer Gewalt und Rassismus bekämpfen möchte, muß genau wissen, was die Rassisten wollen, welche Antworten sie auf unsere dringendsten Fragen haben und mit welchen Argumenten wir ihnen das Wasser abgraben. In unserem Arbeitsbogen haben wir die mittlere Spalte freigelassen, damit Du selbst oder zusammen mit Deiner Clique oder Deiner Klasse überprüfen kannst, welche Argumente Ihr habt.

Was können wir gegen Rechtsextremismus tun?

Eigene Erfahrungen	Was können wir tun	Antworten von Rechtsextremisten
Ohnmacht	______	Macht
Allein kann man doch nichts verändern	______	Mit Gewalt bewegt sich doch was
Wo finde ich Leute, die mich verstehen	______	Zusammenhalten + Gemeinschaft
Handlungsunsicherheit	______	Gewißheit und Sicherheit haben
Unübersichtlichkeit	______	Klarheit
Wie soll ich bloß mein Leben planen	______	Wir sagen Dir schon, wo's langgeht
Schwäche	______	Stärke
Wer bin ich eigentlich	______	Wir Deutschen (Kämpfer) sind wer
Ich fühle mich eingeengt	______	Wir erkämpfen uns eigene Territorien Hier sind wir eine Macht
Langeweile	______	Abenteuer + Risikoerfahrung
Ich soll immer besser sein, als ich kann	______	Bei uns bekommst du, was DU brauchst
Auflösung sozialer Gruppenzugehörigkeit	______	Feste Einordnung und Position
Wohin gehöre ich eigentlich	______	Als Deutscher gehört Dir Deutschland (und morgen die ganze Welt...)
Ich weiß manchmal nicht, wo's langgeht	______	Der Führer zeigt Dir den Weg

Zwei Tips aber noch:

1. Die Rechtsextremisten spielen gerne das Schwarz-Weiß-Spiel, als wenn z. B. gegen Schwäche nur Stärke helfen würde. Also, laß dich nicht zu leicht in die Irre führen.

2. Wir haben nur einige „Eigene Erfahrungen" aufgeführt. Vielleicht fallen Dir ja noch mehr solcher kritischer Fragen ein. Dieser Arbeitsbogen läßt sich noch fortsetzen. Für Deine Kritik oder Bemerkungen sind wir Dir dankbar:
   AG-SOS-Rassismus, Haus Villigst, 5840 Schwerte 5.

Hier sind fünf hilfreiche Maßstäbe zur Einordnung von »rechtsextrem«:

»1) *NATIONALISMUS* = übersteigertes und meist intolerantes Nationalbewußtsein, das Macht und Größe der eigenen Nation als höchsten Wert erachtet in herausfordernder Form, verbunden mit Feindschaft gegen fremde Völker und Staaten und Minderheiten wie z. B. Ausländer,

2) *VERHERRLICHUNG DES NATIONALSOZIALISMUS* und die Verharmlosung der Verbrechen des Dritten Reiches,

3) *STÄNDIGE BEREITSCHAFT ZUR GEWALTSAMEN PROPAGIERUNG* (= Anpreisung) und Durchsetzung der erstrebten nationalistischen Ziele,

4) *RASSISMUS* (Überschätzung der eigenen Rasse und Verdammung anderer) und *ANTISEMITISMUS* (Hetze, Verleumdung und Verfolgung von Menschen jüdischen Glaubens),

5) *INTOLERANZ* (Unduldsamkeit gegenüber anderen Meinungen) verbunden mit dem *GLAUBEN AN RECHT UND ORDNUNG DURCH STÄRKE,* Verleumdung Andersdenkender und Unfähigkeit zum Kompromiß (= Mittelweg) in der politischen Auseinandersetzung.«

Nach Wolfgang Benz

☞ Religionsunterricht

»Wo kann ich mich vom Religionsunterricht abmelden?« Letztens stürmte ein junger Mann zu seiner ersten Religionsstunde lautstark in das Klassenzimmer herein. Eine solche Frage trifft mich immer tief. Woher weiß er denn, denke ich, ob ich nicht ein prächtiger Kerl bin, mit dem man zur Not auch Pferde stehlen könnte? Die Chance, den Religionsunterricht und mich selber kennenzulernen, möchte ich ihm wenigstens geben.

»Du weißt doch gar nicht, was wir in Religion behandeln werden«, versuche ich eine erste Annäherung. »Was? Religion – da kenne ich alles. Kindergarten, Grundschule, Hauptschule, Konfirmandenunterricht – lauter unwichtiges Zeug, was die uns da erzählt haben. Und Sie sind auch nicht besser.« Das saß. Ein Tiefschlag, von dem ich mich erst einmal erholen mußte. Aber es hatte schon Eile, denn er stand vor mir und wollte Antwort. Und so fiel mir nichts Schlaueres ein, als ihn zu fragen: »Weißt du, warum du lebst?«

Er stutzte, sah kurz zu Boden und setzte sich dann auf einen der freien Plätze. »Nein«, sagte er. »Darüber habe ich noch nie nachgedacht.« Er blieb dann, nicht nur in dieser Stunde. Seine kritischen Fragen haben uns alle noch öfter herausgefordert. Ich erinnere mich auch, daß er irgendwann sagte: »Ich weiß nicht genau, ob ich überhaupt darüber nachdenken will. Wenn ich nun keinen Sinn in meinem Leben finde?«

»Wie kein anderes Fach fragt der *Religionsunterricht* . . . nach dem Sinn des menschlichen Lebens und der Welt. Er erörtert die Antworten, die die Menschen heute auf diese Fragen geben und die sie in der Geschichte gegeben haben, und zeigt dabei Mensch und Welt in ihrem Bezug zu Jesus Christus . . . Auf diese Weise leistet er Hilfe zur verantwortlichen Gestaltung des eigenen wie des gesellschaftlichen Lebens.«

(Aus: Richtlinien und Lehrpläne für die Hauptschule in NRW, Katholische Religionslehre, Düsseldorf 1985)

Die kleine Geschichte vom Anfang erzähle ich manchmal zu Beginn des Schuljahres, wenn die Frage auftaucht: Was soll das eigentlich – *Religionsunterricht?* Welche drei Fragen, so beginne ich meistens, stellt sich jeder denkende Mensch auf dieser Welt irgendwann einmal in seinem Leben – gleichgültig, ob er Christ, Jude, Moslem, Atheist oder Hindu ist? Dann rätseln wir ein wenig miteinander, ob die erste Frage besser »Warum?« oder »Wozu?« heißen sollte. Fast alle begreifen sofort, daß die Frage **Wozu?** nach dem Kern fragt, daß sie unmittelbar nach dir greift: Du, Oliver oder Du, Gülcan, wozu lebst du auf dieser Welt?

Auf die beiden anderen Fragen, die denkende Menschen sich irgendwann einmal in ihrem Leben stellen, kommen sie dann leichter: Die Frage **»Woher?«** fragt nach dem Ursprung meines Lebens, des Lebens überhaupt. Jetzt ist die letzte der drei Fragen nicht mehr schwer zu finden: **»Wohin?«** Was wird aus mir, wenn ich gestorben bin? Viele wollen das Tabu Tod lieber nicht anrühren.

»Drei Fragen«, sage ich. »Und wie sind die Antworten?« Einer oder eine kommt in jeder Klasse darauf: »Unterschiedlich!«

»Alle Themen«, sage ich, »die wir miteinander aussuchen und bearbeiten, versuchen kleine Antwortteile auf unsere drei Fragen **»Woher, Wozu, Wohin?«** zu geben. Und ich bitte meine Schülerinnen und Schüler freundlich, mit mir gemeinsam am Wandteppich unseres Lebens zu arbeiten.

Satan

(hebräisch: Verleumder, Widersacher); im Alten Testament konnte Böses durchaus von Gott kommen, wenn er zornig war. Als Gegengott ist Satan allerdings im AT nicht erwähnt, wohl aber als ein Widersacher Gottes, der Gottes Macht anzweifelt (wie z. B. in der Hiobsgeschichte). Später wird Satan ein Name des Teufels.

Luzifer, der gestürzte Engelfürst, wird dann ebenso Satan genannt wie andere Dämonen. In seinem Namen (= Licht-Bringer) ist noch die christliche Vorstellung zu erkennen, daß der Teufel ein Geschöpf Gottes und daher nicht vollkommen eigenmächtig ist. War dieser »Fürst der Teufel« noch im Mittelalter eine *Person*, so versteht die neuere Theologie vor allem zerstörerische *Kräfte* darunter. In der Astronomie heißt übrigens der Morgenstern *Luzifer*.

Nach anderen religiösen Anschauungen verbindet sich mit Satan der Grundgedanke einer Gegenmacht Gottes. Im Endkampf um das Schicksal der Welt wird Satan schließlich zum Gegenspieler Gottes.

In der Offenbarung des Johannes (letztes Buch der Bibel) wird erwähnt, daß die Macht Satans endgültig durch Jesus Christus gebrochen wurde. Satan wird in den *»Pfuhl von Feuer und Schwefel«* geworfen und wird dort *»gequält werden Tag und Nacht von Ewigkeit zu Ewigkeit«* (Offb 20,10).

Vorstellungen vom Satan und Teufel sind zahllos – nicht nur im christlichen Bereich.

Ein anderer Name des Satans ist *Beelzebub* (hebräisch: Herr der Fliegen; ursprünglich Baal-Sebub). Beelzebub ist aus dem Alten Testament bekannt als eine Gottheit der Philister. Im Sommer läßt sie Fliegen kommen und nimmt sie auch wieder weg.

Im Neuen Testament gilt Beelzebub als der oberste Teufel. Jesu Gegner behaupteten, daß Jesus mit Beelzebubs Hilfe die Teufel austreibe (z. B. Mt 12,24).

Durch → **Aberglauben** und andere Phantasien wurde und wird der Satan oft in grellen Farben ausgemalt.

Satanismus

Anhänger Satans werden als Satanisten bezeichnet. Ihre Lehre und ihr Verhalten nennt man Satanismus.

Es gibt verschiedene Formen des *Satanismus.* Alle Satanisten würden aber einen Satz als ihr *Glaubensbekenntnis* unterschreiben: *Es gibt keinen Gott – außer dem Menschen.* Einige Formen des Satanismus sind:

a) *Historischer (= geschichtlich geprägter) Satanismus*

Hier wird Satan als Gegenspieler Gottes angesehen. Dieser Satanismus stellt die kirchlichen Lehren auf den Kopf: Anstelle Gottes wird Satan verehrt und angebetet. Das Kreuz hängt nach unten und soll so zeigen, daß Christus keine Macht hat.

Hostien (= Brot, das beim Abendmahl den Leib Christi darstellt) werden geschändet, indem sie in Tierblut getaucht und gegessen werden. Viele solcher »Verdrehungen« des christlichen Glaubens werden in der *Schwarzen Messe* gefeiert. Sie ist für Satanisten das Gegenstück zur katholischen (= weißen) Messe.

b) *ritueller (= nach einer festgelegten Ordnung ablaufender) Satanismus*

Um diese Form des Satanismus haben sich Orden und satanistische Kirchen gebildet, die heute in den westlichen Ländern der Welt immer mehr Anhänger finden.

Einer ihrer »geistigen Väter« ist Aleister Crowley (1875 bis 1947), der aus einer sehr strenggläubigen evangelischen Familie in England stammte und wichtige Schriften für diese Art des Satanismus verfaßt hat.

Er lehnt die »christliche Sklavenmoral«, die er selber in seiner Familie erlebt hat, als Heuchelei ab und fordert das Tun des eigenen »wahren Willens«: »Dem Starken ist alles erlaubt – tritt nieder die Schwachen und Elenden.«

Im Kern geht es allen Satanisten um Power, um Macht über andere Menschen.

Auch Sex spielt in dieser Art des Satanismus – vor allem in schwarzen Messen – eine wichtige Rolle als ein Mittel, um Macht und Einfluß zu vergrößern. Wer Einzelheiten aus diesen festgefügten, meist geheimen satanistischen Gruppen an die Öffentlichkeit trägt, muß mit harter Bestrafung rechnen. Grundsätzlich gilt der Satz: Tod dem Verräter!

Ehemalige Satanisten bestätigen, daß er ernst gemeint ist. (Es gibt allerdings nicht sehr viele Zeugenaussagen dazu.)

c) *Modischer (= vorübergehender) Satanismus*

Wenn junge Leute auf Waldlichtungen schwarze Messen oder Grufti-Feten auf Friedhöfen feiern, dann tun sie das nicht selten, um die »braven Bürger« zu schocken. Manchmal geht es dabei auch um Sex. Diese Art von Satanismus wird meist nur von Jugendlichen praktiziert. Viele bleiben nur eine begrenzte Zeit dabei. Es gibt auch junge Leute, die nur nach Feierabend als Gruftis in schwarzer Kluft und schwarzgefärbten Haaren unterwegs sind.

Auch in dieser Art des Satanismus gibt es manchmal feste Gruppen, die oft von mehreren »Priestern« angeführt werden. Mitglieder werden nicht selten erpreßt. Es geht dabei um Drogen und »käufliche Liebe« (Mädchen aus der Gruppe werden »auf den Strich« geschickt).

d) *Kultureller Satanismus*

Er findet sich in Filmen oder auch in Teilen der Hardrock/Heavy-Metal-Musik wieder (vgl. → **Backward masking**).

Satanskult
am Beispiel von Ozzy Osbourne, 16 Jahre

Als Getaufter und Konfirmierter müßte ich mich eigentlich als Christ bezeichnen. Aber mir gefällt es nicht, schon mit der Geburt in einen Verein eingetreten zu sein, von dem man erst in späteren Jahren die Wahrheit erfährt. Wer sich wie ich gern mit Geschichte befaßt, wird schlimme Geschichten über diesen Verein gehört haben. Diese vielen »heiligen« Kriege, das Abschlachten der Juden, die Kämpfe zwischen den Päpsten, die Inquisition. Dieser Verein heißt Kirche! Ihr Machtanspruch ist zu groß. Ich möchte einen solchen Götzen nicht anbeten müssen.

Ich suchte mir einen anderen Gott. Von ihm heißt es in einem Gebet: Der an den Paria, den Ausgestoßenen, denkt/ und mit der Liebe ihm ein Paradies geschenkt,/ erbarme, Satan, dich auch meiner tiefen Qualen!

Ja, mein Gott ist Luzifer, Herr der Hölle! In vielen Vollmondnächten rief ich ihn schon an, mit Pentagrammen, schwarzen Kerzen, mit Teufelsdreck und Friedhofserde. Es erregt mich und macht mich glücklich. Ich opferte ihm schon oft mein Blut – und fast schon mal einen Hamster.

Bin ich nun wahnsinnig, weil ich den Teufel anbete? Gibt es ihn wirklich? Für mich jedenfalls gibt es ihn. Er wird mir einmal die Unsterblichkeit übergeben. Und dann beweise ich es all denen, die mich verspotteten, mich auslachten und ausstießen – es gibt ihn, den Teufel.

Ozzy Osbourne, 16 Jahre

Bei »Ozzy Osbourne« handelt es sich um einen 16jährigen Jungen, der sich hinter dem Namen eines bekannten Sängers der 1969 gegründeten und inzwischen aufgelösten Black-Metal-Band »Black Sabbath« (= Schwarzer Sabbat) verbirgt. Er hatte Kontakte zur »Ersten Kirche Satans« in San Franzisko.

Der 16jährige Junge leidet offenbar vor allem darunter, daß er sich von seiner Umgebung (Klassenkameraden, Eltern, Erwachsenen, Kirche) nicht angenommen fühlt. Enttäuscht wendet er sich darum in seiner Qual an Satan um Hilfe, dem er in okkulten Ritualen Opfer bringt – gegen die verständnislose Umwelt. Auffällig ist, daß ihn die Rituale auf dem Friedhof – sexuell – erregen. Das ist übrigens ein Kennzeichen satanistischer Praktiken.

Ozzy Osbournes Argumente sind allerdings widersprüchlich: Wenn *Satan* der Böse ist, so müßte er doch Gefallen haben an der blutigen Verfolgung von Andersgläubigen (= Inquisition), an den zahllosen Opfern, die im Namen Gottes in den mittelalterlichen Kreuzzügen umgebracht wurden.

Sein Gebet erinnert eher an ein Gebet zu Gott, der die Liebe ist, als an Satan.

☞ Bewahrung der Schöpfung

Der Liederdichter *Paul Gerhardt* (1607–1676) hat eines der schönsten Sommerlieder in unserem Gesangbuch gedichtet: *Geh aus mein Herz und suche Freud.* Ein unbekannter Dichter hat es in die heutige Zeit übertragen:

Geh aus, mein Herz, und suche Freud
denn du hast nicht mehr lange Zeit,
dich an Natur zu laben.
Schau an der schönen Gärten Zier,
solange Blume, Baum und Tier
noch Raum zum Leben haben.

Die Bäume stehen voller Laub,
doch die Chemie senkt ihren Staub
herab auf Wald und Weide.
Narzissus und die Tulipan,
die weichen heut der Autobahn;
im Abgas wächst Getreide.

Die Lerche schwingt sich in die Luft
bis auch ihr kleiner Leib verpufft
im Sog der Düsenwerke.
Die hochbegabte Nachtigall
kämpft gegen den Transistorschwall
und unterliegt der Stärke.

Ich selber kann und mag nicht ruhn,
denn jeder muß das Seine tun,
so groß sind die Gefahren.
Ich singe mit, wenn alles singt,
voll Hoffnung, daß es uns gelingt,
die Schöpfung zu bewahren.

In mehreren Klassen haben wir uns abgesprochen, auch im Alltag für die *Bewahrung unserer Schöpfung* aktiver zu werden:

- Ich verwende umweltfreundliche Wasch- und Putzmittel.
- Ich benutze kein Wegwerfgeschirr, keine Einwegflaschen, meide Plastikpackungen.
- Ich verringere meinen Wasserverbrauch, z. B. durch einen Dosierer im Spülkasten.
- Ich verzichte auf Gifte in Haus und Garten.
- Ich trenne meinen anfallenden Müll in:
  a) Papier, Glas, Stoff, Weißblech, Aluminium zur Wiederverwertung
  b) Gartenabfälle als Kompost
  c) Sondermüll (Batterien, Medikamente, Öle, Lacke, Farben) in die Sammelbehälter

Kein anderes Wort aus der Bibel wurde so häufig mißverstanden wie der Kernsatz der Schöpfungsgeschichte: *»Macht euch die Erde untertan«* (1 Mose 1,28). Im hebräischen Urtext der Bibel geht jedoch der Auftrag an den Menschen, als Treuhänder Gottes seine Welt zu *betreuen,* nicht zu *unterjochen;* zu regieren und nicht zu beschlagnahmen. Verantwortlicher Umgang mit der Erde ist gemeint, der Friede und Eintracht bringt und Gerechtigkeit und Fürsorge für die Schwachen, die Schutzlosen und die außermenschliche Kreatur. »In diesem Sinne die vielen Satzungen der Bibel für den Artenschutz, die Baumpflege, die Reinheit von Wasser und Luft, aber vor allem die Fürsorge und Schonung der Flora und Fauna zu verstehen, also gewissermaßen ein *Elftes Gebot* für Bewahrung der Schöpfung und Bewahrung der Mitmenschlichkeit.«

Nach Pinchas Lapide

Schuld

Diesmal war es Paul. Er war mit seinen Eltern vor zwei Jahren aus Rußland ausgesiedelt. Mit Tränen in den Augen erzählt er der Klasse, daß er vor etwa drei Jahren als Boxer in einem Boxverein einen Jungen so geschlagen hat, daß der von Stund an im Rollstuhl sitzen mußte. Ein anderer sei an den Folgen seiner Schläge durch eine Gehirnblutung gestorben.

»Ich komme damit bis heute nicht klar«, sagt Paul leise und wischt sich die Augen aus. »Sogar nachts werde ich wach und kriege meine Schuldgefühle nicht los.«

Wir sitzen schweigend in der Runde, hören Paul zu, nehmen teil an seinem Problem. Noch nie habe ich erlebt, daß sich einer lustig machte über ehrliche Gefühle. Auch ich selber habe immer wieder erfahren, daß meine spontan gezeigten Gefühle niemals mißbraucht wurden. Ganz im Gegenteil!

Die Geschichte mit Paul ist noch nicht ganz am Ende. Er erzählt uns freimütig davon, daß er mehr als einmal vor dem Selbstmord gestanden hat.

»Was hat dir geholfen, daß du jetzt noch lebst?« frage ich ihn.

Seine Antwort hätte ich in der Tat nicht erwartet, zumal er sich als ungetauften Atheisten vorgestellt hatte.

»Die Bibel«, meint er beinahe wortkarg.

Nun gebe ich mich nicht schnell mit unglaublich klingenden Antworten ab: »Das mußt du mir genauer erklären.«

Und so erzählt er von einem alten Pfarrer, der ihm mit einem einzigen Satz aus der Bibel aus seiner Schuld heraus zum

Leben geholfen hat. »›Liebe deinen Nächsten wie dich selbst, hat Jesus gesagt. Du kannst dich selber lieben, Paul.‹ Das hat mir Mut zum Weiterleben gegeben. Und ab und zu ein Gespräch mit einem Menschen, der mir zuhört.«

☞ Segen

Wenn ich in der Schule auf das Thema Segen zu sprechen komme, erzähle ich meinen Schülern die Geschichte von Manni:

Wir waren gerade aus dem Ruhrpott ins Oberbergische Land gezogen. Ich machte einen Spaziergang durch unser Dorf und kam dabei durch »Waldruhe«, das Pflegeheim für geistig und körperlich behinderte Menschen.

Vor mir stand plötzlich ein Mann mit auffällig kurz geschorenem Haar und nur einigen Zahnstummeln im Mund. Er mußte gut zehn Jahre älter sein als ich. »Du bist doch dat neue Pastörche«, sprach er mich an. Verwundert über seine Kenntnis nickte ich. Hatte sich das so schnell herumgesprochen?

»Ich bin der Manni«, stieß er hervor und ging unvermutet vor mir auf die Knie.

»Segne mich!« sagte er und senkte kniend den Kopf. Als ich mich wieder gefaßt hatte, legte ich ihm die Hand auf seinen kurzgeschorenen grauen Schädel. »Ich segne dich, Manni!«

Er verharrte sicherlich mehr als eine Minute lang in dieser Haltung vor mir. Dann sprang er ebenso plötzlich auf, umarmte und drückte mich heftig. »Danke, das hat mir gut getan«, sagte er und lief davon.

Seit diesem Tag senkt er jedesmal den Kopf, wenn wir uns begegnen. Ich weiß dann, was ich zu tun habe.

Segen – so finde ich im Lexikon 2000 – »ist eine religiöse Handlung, durch die Menschen, Lebewesen oder Gegenstände in besonderer Weise Gott zugeordnet und seiner Fürsorge anempfohlen werden. Das Wort ist eine Ableitung vom lateinischen *signare,* mit dem Kreuz bezeichnen; durch das Kreuzzeichen wird etwas unter die Erlösungsmacht Christi gestellt . . .«

Besonders eindrucksvoll finde ich die Geschichte von Jesus, in der er die Kinder *segnet:*

Kinder galten zu Jesu Zeiten nicht viel. Ebensowenig wie Frauen oder Haustiere. Eines Tages wollten einige Eltern ihre kleinen Kinder zu Jesus bringen, damit er sie berührte. Die Freunde von Jesus waren wütend und wollten die aufdringlichen Eltern zusammen mit ihren Kindern auf dem Arm wegjagen. Als Jesus das bemerkte, wurde er ärgerlich und fuhr seine Freunde an: *»Laßt die Kinder zu mir kommen und wehrt sie nicht ab. Gott hat sie besonders lieb. Und wer die Liebe Gottes nicht annimmt wie ein Kind – so offen und echt –, der wird niemals zu Gott finden.«* Und Jesus umarmte die Kinder, legte ihnen die Hände auf und segnete sie.

Ich glaube, daß solch ein Segen meinem behinderten Freund Manni ebenso gut tut wie den Kindern, die Jesus damals gesegnet hat.

Selbstwertgefühl

Ein Landstreicher, der schon sieben Tage nichts gegessen hatte, fiel halbtot vor Hunger und Müdigkeit auf einer großen Wiese an einem Abhang ins Gras. Zum Glück sah er dort ein paar Kühe weiden. Mit letzter Kraft versuchte er eine der Kühe zu melken. Er hielt sein Milchtöpfchen unter die Kuh und zog hastig am Euter rum.

Nach einer halben Stunde hatte er eine halbe Tasse Milch. Die Kuh hatte wunde Zitzen. Er schaute sich mit Verachtung und Wut das armselige Ergebnis seines Schuftens an.

»Nicht einmal melken kann ich«, sagte er und schüttete den Inhalt des Töpfchens hinter der Kuh her, die voll Schmerz davonhumpelte.

Bruno-Paul de Roeck

Für unser eigenes Befinden und auch für das Zusammenleben mit anderen Menschen ist es von großer Bedeutung, ob ich mich selber mit meinen Stärken und Schwächen so annehme, wie ich bin. Geringes *Selbstwertgefühl* kann im äußersten Fall zum Selbstmord führen. (»Ich bin nichts wert. Mein Leben hat doch keinen Sinn mehr. Ich mache besser Schluß!«)

Hohes Selbstwertgefühl macht mich innerlich reich. (»Wer in der Sonne steht«, meinte ein Mädchen, »der kann doch auch selber strahlen«.)

Virginia Satir, amerikanische Familientherapeutin, hat das Bild von dem »Selbstwert-Topf« gebraucht, das ich hilfreich finde:

Jeder Mensch hat einen solchen Topf in sich. Er ist mehr oder weniger gefüllt. Wenn der Topf voll ist, kann ich auch schwere Schicksalsschläge verkraften, ohne daran zu zerbrechen. Ist er fast leer, dann komme ich nur schwer mit Spannungen in meinem Leben klar.

Darum, so sagt Virginia Satir, ist es wichtig, daß wir darauf achten, daß unser Selbstwert-Topf immer gut gefüllt ist.

Jesus sagt es wesentlich knapper: Liebe deinen Nächsten – *wie dich selbst.* Für meinen Geschmack »verschlucken« Christen manchmal den zweiten Teil des Satzes – zugunsten der Liebe zu anderen.

Meinen Schülern sage ich zu Beginn des Schuljahres, daß jeder von ihnen ein ganz einmaliger Mensch ist, den es tatsächlich nur ein einziges Mal gibt. Der noch nie vorher da war und der auch hinterher nicht wieder auf dieser Erde leben wird.

Seht euch eure Fingerabdrücke an, sage ich. Das ist der Beweis, daß ihr einmalige Menschen seid. Ihr seid ein Geschenk Gottes, habt euch deshalb selber ganz lieb. Und dann werdet ihr – vielleicht noch nicht heute, aber sicherlich ab morgen – auch den Nachbarn in der Klasse, die Lehrerin oder auch den kleineren Bruder zu Hause lieb gewinnen.

Sex(ualität)

»Die wollen doch nur immer das eine«, sagte Gabi (16). »Jungs wollen Sex von einem Mädchen. Und sonst nichts.« In der Klasse ging es rund. Wortfetzen flogen nur so durch den Raum, es dauerte eine ganze Zeit, bis sich die Schülerinnen und Schüler der Malerklasse beruhigt hatten.

»Mein Freund ist anders«, meinte Annette (16). »Wir sitzen manchmal stundenlang zusammen auf meiner Couch und hören Musik. Ja, gut, zärtlich ist er schon. Er streichelt mich auch, aber wenn ich Stopp sage, ist auch Schluß. Jürgen ist sehr verständnisvoll. Der hat nicht nur das Bett im Kopf, wenn er an mich denkt.«

Sexualität (kurz: Sex) kommt aus der lateinischen Sprache und bedeutet Geschlechtlichkeit oder körperliche Liebe. Sexualität ist so etwas wie Körpersprache. Wir spüren sie als eine eigenartige Spannung im ganzen Körper. Sexualität treibt mich so nahe wie möglich zu einem anderen Menschen: ich möchte sein Gesicht in beide Hände nehmen, seine Haut und seine Haare spüren, zärtlich zu ihm sein. Spüren möchte ich ihn, und darum drücke ich ihn an mich.

Meinen Schülern erzähle ich davon, daß *Sexualität* für mich ein Geschenk Gottes ist und keine Laune der Natur. Sie dient nicht nur der Fortpflanzung des menschlichen Geschlechts. Wir sollen auch Freude an unserer Sexualität haben.

Das Alte Testament spricht davon, daß der Mann seine Frau *»erkannte«*, wenn »Geschlechtsverkehr« beschrieben wird. Ich finde das Wort *»erkennen«* treffend: einen Menschen kann ich nur erkennen, wenn er mir das erlaubt. Er muß sich mir öffnen. Ganz nahe muß er mir sein. Wir müssen uns ohne Vorurteile begegnen, engsten Kontakt haben und partnerschaftlich miteinander umgehen.

Im Prediger (Kap. 4,11) steht: *»Wenn zwei zusammen schlafen, wärmt einer den anderen; einer allein – wie soll er warm werden?«*

Sinn des Lebens

Ein junger Mann betrat im Traum einen Laden. Hinter der Theke stand ein Engel. Hastig fragte er ihn: »Was verkaufen Sie, mein Herr?«

Der Engel antwortete freundlich: »Alles, was Sie wollen.«

Der junge Mann begann aufzuzählen: »Dann hätte ich gern das Ende aller Kriege in der Welt, bessere Bedingungen für die Randgruppen der Gesellschaft, Beseitigung der Elendsviertel in Lateinamerika, Arbeit für die Arbeitslosen, mehr Gemeinschaft und Liebe in der Kirche und . . . und . . .«

Da fiel ihm der Engel ins Wort: »Entschuldigen Sie, junger Mann, Sie haben mich falsch verstanden. Wir verkaufen keine Früchte, wir verkaufen nur den Samen.«

Willi Hoffsümmer

Der *Sinn des Lebens* ist nicht von vornherein festgelegt oder vorgegeben. Der christliche Glaube nimmt mir ebensowenig die Suche nach dem Sinn meines Lebens ab wie jeder andere Glaube oder jede andere Weltanschauung.

Für ein lebenswertes Leben ist es entscheidend wichtig, daß ich nach einer ganz persönlichen Antwort suche.

Jesus wird einmal von einem reichen jungen Mann gefragt, was er tun muß, um ein *erfülltes* (ewiges) *Leben* zu finden. Jesus nennt ihm zehn Gebote, die er halten soll.

»Das habe ich alles schon getan«, antwortet der reiche junge

Mann. Da schlägt Jesus ihm vor, allen Besitz zu verkaufen und mit ihm zu ziehen. Daraufhin wandte sich der junge Mann traurig ab, denn er war sehr reich (Lk 18,18–27).

☞ Solidarität

»Nächstenliebe ist out«, sagte Wilfried (17) in einer Diskussion. »Megaout«, bestätigte Thomas (16) lautstark. »Das Wort ›Nächstenliebe‹ ist vielleicht etwas verstaubt«, gab ich zu. »Die Sache selber mit Sicherheit nicht. Vielleicht sollten wir das Wort Solidarität an seine Stelle setzen.«

Und dann erzählte ich das Erlebnis, von dem der evangelische Theologe Carlos Lenkersdorf berichtet, der unter Indios im Süden von Mexiko lebt und arbeitet:

Eines Nachmittags kamen bei strömendem Regen 1000 Flüchtlinge aus Guatemala über die Grenze in ein kleines Dorf mit etwa 400 Einwohnern. Als die Einwohner sie sahen, fragten sie: »Wo wollt ihr denn hin?« Da erzählten die Flüchtlinge ihnen, daß sie um ihr nacktes Leben ringen mußten, um zu fliehen, und baten um Aufnahme. 1000 Flüchtlinge bei 400 Einwohnern: Die Dorfleute besprachen sich und kamen zu dem Entschluß: Dies sind unsere Schwestern und Brüder. Wir müssen sie aufnehmen. Sie teilten ihre kleinen Hütten mit ihnen und das letzte Essen, das sie hatten.

Ein Nachbardorf, etwa einen Tagesmarsch über die Berge entfernt, hatte davon gehört. Dessen Bewohner versammelten sich wegen der Flüchtlinge und bildeten eine Kommission. Die wurde in das Dorf geschickt, wo die Flüchtlinge waren. Sie versammelten sich dort und sagten: »Ihr habt die Flüchtlinge aufgenommen. Aber das sind zu viele für Euch. Gebt uns die Hälfte ab, das sind auch unsere Geschwister.«

Carlos Lenkersdorf

Solidarität kommt aus dem Lateinischen und bedeutet soviel wie Zusammengehörigkeitsgefühl oder Gemeinsinn. Menschen entdecken, daß sie besser leben können, wenn sie zusammenhalten und füreinander einstehen. Das Wort hatte vor allem auch in der Arbeiterbewegung eine große Bedeutung: Gemeinsam sind wir stärker.

Jesus sagt in diesem Zusammenhang zwei für uns wichtige Dinge:

»Liebe deinen Nächsten – wie dich selbst« (Mt 19,19) und *»Was ihr einem meiner geringsten Brüder tut, das tut ihr mir selber«* (Mt 25,40).

Sterben

Wer denkt schon gern ans Sterben? Im Religionsunterricht der Berufsschule kommen wir spätestens dann auf dieses Thema, wenn wieder einmal ein Mitschüler bei einem Motorradunfall ums Leben gekommen ist.

Die meisten Menschen drängen dieses Thema lieber beiseite, weil es tief drinnen sehr weh tut. Wenn wir uns dann trotzdem daran wagen, sind unsere Gespräche, ist der Austausch über unsere eigenen Ängste hilfreich.

Wir können dabei erfahren, daß Sterben zum Leben gehört. Wer das eine ohne das andere sieht, lebt vermutlich sehr oberflächlich.

»*Sterben* muß gelebt werden«

sagt Franco Rest, ein Professor für Pädagogik aus Bochum. Die folgenden Hilfestellungen und Übungen stammen von ihm. Uns haben sie in unseren offenen Gesprächen geholfen:

1. Suche dir einen nicht ganz unwichtigen Gegenstand, der jedoch nicht unbedingt lebenswichtig ist, von dem dir aber eine Trennung nicht ganz leicht fällt (z. B. alte Erinnerungsfotos, einige Briefe, ein Buch). Trenne dich von diesen Gegenständen, gib sie jemandem, von dem du weißt, daß er sie dir nicht wiedergeben wird, oder wirf sie einfach weg. Der kleine Stich, den du nun in deinem Innern spürst, zeigt dir, wie wichtig dir einige leblose Dinge sind.

2. Sage laut folgende Sätze: »Ich bin sterblich«; »Ich muß sterben«; »Eines Tages bin ich tot«. Beobachte dich, was dir am schwersten fällt, das »Ich« oder die Worte »sterben«, »sterblich«, »tot«. Warum erlebst du das so?

3. Lege dich entspannt hin, und atme tief ein und aus! Versuche zu erfassen, daß du Leben aufnimmst und Leben von dir gibst. Denke daran, daß dieser Atemzug dein letzter sein könnte, und erlebe dann ganz anders den nächsten Atemzug!

4. Suche dir einen Partner für ein ernstes Gespräch und rede mit ihm über folgende Frage: Was würdest du tun, wenn du wüßtest, daß du bald sterben mußt? Versucht dabei so ehrlich miteinander zu sein, wie es eben geht.

Im Psalm 90 heißt es kurz und zutreffend: *»Gott, lehre uns bedenken, daß wir sterben müssen. Damit wir klug werden.«*

Kirchentag in Berlin. Wir waren mit einer ganzen Gruppe von Berufsschülerinnen und -schülern auf anstrengendem Weg durch die riesigen Messehallen. »Halle der Stille« lasen wir auf einem Schild. Ja, jetzt ausruhen, die müden Beine hochlegen, entspannen von dauernden Eindrücken. Im Eingangsbereich wiesen Schilder darauf hin: »Bitte Ruhe!« Der Teppichboden schluckte unsere Schritte.

Als wir in die halbdunkle Messehalle eintraten, empfing uns eine wohltuende Stille, obwohl Hunderte von Menschen im Raum saßen, lagen oder standen. Elke (16) ging noch ein paar Schritte neben mir in die Halle hinein. Dann hielt sie mich plötzlich am Ärmel fest: »Ich halte die Stille nicht aus«, flüsterte sie mit aufgerissenen Augen. Dann machte sie kehrt und rannte fast aus der Halle hinaus.

Im Deutschen Wörterbuch der Gebrüder Grimm finde ich folgende Erläuterung: *»Stille ist das Ungestörtsein von dem Getriebe und der Hast der Welt, als Vorbedingung einfachen, gesammelten Lebens und beschaulicher, strenger Arbeit . . . Die Bedeutung der Lautlosigkeit (ohne Lärm) oder des Schweigens ist oft damit verbunden.*

Die Erfahrung der Stille

Zu einem einsamen Mönch kamen eines Tages Menschen. Sie fragten ihn: »Was für einen Sinn siehst du in deinem Leben in der Stille?« Der Mönch war eben beschäftigt mit dem Schöpfen von Wasser aus einer tiefen Zisterne. Er sprach zu seinen Besuchern: »Schaut in die Zisterne! Was seht ihr?«

Die Leute blickten in die tiefe Zisterne. »Wir sehen nichts.«

Nach einer kurzen Weile forderte der Einsiedler die Leute wieder auf: »Schaut in die Zisterne! Was seht ihr?« Die Leute blickten wieder hinunter. »Ja, jetzt sehen wir uns selber!« Der Mönch sprach: »Schaut, als ich vorhin Wasser schöpfte, war das Wasser unruhig. Jetzt ist das Wasser ruhig. Das ist die Erfahrung der Stille: Man sieht sich selber!«

Willi Hoffsümmer

☞ Sündenbock

Es war einmal – selbst die jüngsten Kinder erinnern sich noch daran – eine Kaninchenfamilie, die unweit von einem Rudel Wölfe lebte. Die Wölfe erklärten immer wieder, daß ihnen die Lebensweise der Kaninchen ganz und gar nicht gefalle. (Von ihrer eigenen Lebensweise waren die Wölfe begeistert, denn das war ja die einzig richtige.)

Eines Nachts fanden mehrere Wölfe bei einem Erdbeben den Tod, und die Schuld daran wurde den Kaninchen zugeschoben, die ja, wie jedermann weiß, mit ihren Hinterbeinen auf den Erdboden hämmern und dadurch Erdbeben verursachen. In einer anderen Nacht wurde einer der Wölfe vom Blitz erschlagen, und Schuld daran waren wieder die Kaninchen, die ja, wie jedermann weiß, Salatfresser sind und dadurch Blitze verursachen. Die Wölfe drohten, die Kaninchen zu zivilisieren, wenn sie sich nicht besser benähmen, und die Kaninchen beschlossen, auf eine einsame Insel zu flüchten.

Die anderen Tiere aber, die weiter entfernt wohnten, redeten den Kaninchen ins Gewissen. Sie sagten: »Ihr müßt eure

Tapferkeit beweisen, indem Ihr bleibt, wo Ihr seid. Dies ist keine Welt für Ausreißer. Wenn die Wölfe Euch angreifen, werden wir Euch zur Hilfe eilen – höchstwahrscheinlich jedenfalls.«

So lebten denn die Kaninchen weiterhin in der Nachbarschaft der Wölfe. Eines Tages kam eine schreckliche Überschwemmung, und viele Wölfe ertranken. Daran waren die Kaninchen schuld, die ja, wie jedermann weiß, Mohrrübenknabberer sind, mit langen Ohren, und dadurch Überschwemmungen verursachen. Die Wölfe fielen über die Kaninchen her – natürlich um ihnen zu helfen – und sperrten sie in eine finstere Höhle – natürlich um sie zu schützen.

Wochenlang hörte man nichts von den Kaninchen, und schließlich fragten die anderen bei den Wölfen an, was mit ihren Nachbarn geschehen sei. Die Wölfe erwiderten, die Kaninchen seien gefressen worden, und da sie gefressen worden seien, handle es sich um eine rein innere Angelegenheit. Die anderen Tiere drohten jedoch, sich unter Umständen gegen die Wölfe zusammenzuschließen, wenn die Vernichtung der Kaninchen nicht irgendwie begründet würde. Also gaben die Wölfe einen Grund an. »Sie versuchten auszureißen«, sagten die Wölfe, »und wie Ihr wißt, ist dies keine Welt für Ausreißer.«

James Thurber

Sündenbock wird einer genannt, der an allem schuld ist. Er wehrt sich nicht oder kann sich nicht wehren und trägt so die Schuld für die anderen mit.

Im Alten Testament (3 Mose 16) wird der Dämon Asasel erwähnt, der in der Wüste wohnt. Am großen Versöhnungstag legte der Hohepriester einem ausgewählten Bock durch Handauflegen alle Schuld des Volkes Israel auf und jagte ihn in die Wüste. Man glaubte, daß dem Wüstendämon Asasel die Sünde auf diese Weise zurückgeschickt wurde.
In dem bekannten Kirchenlied »Ein Lämmlein geht und trägt die Schuld der Welt und ihrer Kinder« wird im Bild des unschuldigen Lammes Jesus beschrieben, dem von uns Menschen alle Schuld aufgebürdet wird. Er wurde als vermeintlicher Gotteslästerer und Volksaufhetzer hingerichtet, weil die Herrschenden seine beharrliche Liebe nicht ertragen konnten.

Traum

Ich gehe mit meiner Mutter die Hauptstraße hinunter. Die Sonne scheint, und wir sehen uns die Auslagen der Geschäfte an. Auf einmal höre ich mich sehr laut lachen. Erstaunt sieht Mutter mich an. Ich zeige auf einen sehr dicken Mann, der wie auf Entenfüßen vor uns her watschelt. »Man kann ihn rollen wie eine Heringstonne«, pruste ich heraus. Mutter bleibt wie angewurzelt stehen. Ernst blickt sie mich an. Ihre Augen werden immer größer. Da kommt sie mit ihrem Mund sehr dicht an mein Ohr, traurig schüttelt sie ihren Kopf, der inzwischen zu Kürbisgröße angewachsen ist.

»Versprichst du mir, so etwas nie wieder zu sagen, Lisa?« Mutter faßt mich sehr unsanft am Arm. Ich nicke heftig, dann versuche ich, den dicken Mann in der Ferne auszumachen. Als ich ihn nicht finde, renne ich die Straße hinab, bis ich dicht hinter ihm bin. In diesem Moment dreht er den Kopf zur Seite.

Ich erschrecke: auf seinem unförmigen Leib sitzt das Gesicht von Dubbel. Er legt seinen Finger an die Lippen. Pst, nicht verraten. Aber nur für wenige Sekunden, da hat der dicke Mann plötzlich mein eigenes Gesicht. Ich will schreien, kein Laut kommt heraus.

Träume sind im Schlaf erlebte Phantasiebilder. Traumforscher haben herausgefunden, daß jeder Mensch durchschnittlich fünfmal in einer Nacht träumt. Wir vergessen die Träume aber häufig, weil wir nicht sofort nach dem Traum wach werden.

Die Dauer von Träumen ist meist sehr kurz – wenige Sekunden bis Minuten. In dieser Zeit ist das Gehirn besonders aktiv. Man vermutet, daß der Inhalt von Träumen aus umgedeuteten Wahrnehmungen und aus Erinnerungen stammt. Wichtigen Anteil am Traum haben die Traum-Bilder, sinnbildliche Darstellungen unserer Gefühle, Wünsche oder Ängste. Träume geben Auskunft über unser Unterbewußtes. Sie können uns zum Leben helfen.

Schon die ältesten Völker bemühten sich um die Deutung der Träume. In der modernen Tiefenpsychologie wird der Traum als ein Hilfsmittel angesehen, um die Probleme eines Menschen zu erkennen.

In der *Bibel* – vor allem im Alten Testament – ist häufig von *Träumen* die Rede. Auch Gott kommt zum Menschen im Traum und redet mit ihm (1 Mose 20,3). Einer der berühmtesten biblischen Träumer und zugleich Traumdeuter ist Joseph, der dafür hochgeehrt wird (1 Mose 37 ff.).

Im Neuen Testament erscheint z. B. Joseph, dem Verlobten der Maria, ein Engel im Traum (Mt 1,20).

Vergebung

In der Nachbarschaft wird ein Haus gebaut. An diesem Wochenende waren meine Frau und ich zum Richtfest eingeladen. Kaum hatten wir den kahlen Raum betreten, da ruft jemand aus voller Kehle: »He, Michael, setz dich zu uns.« Irgendwie kam mir das Gesicht des jungen Mannes bekannt vor. »Kennst du mich noch«, fragt der kräftige, blonde Mittzwanziger in Zimmermannskleidung. »Dein Gesicht kenne ich, deinen Namen hab' ich vergessen«, antworte ich.

»Meier«, sagt er lachend. »Christian. Ich war damals in der Bauklasse in Religion bei dir. Muß jetzt fast neun Jahre her sein.« Allmählich dämmert es mir, und dunkel erinnere ich mich auch, daß Christian einer von denen war, die dauernd zu spät kamen und wenig Lust auf Reli hatten. Freitags, erste Stunde, wie geschaffen für eine größere Mütze voll Schlaf bei den harten Jungs vom Bau.

»Weißt du noch, wie ich einmal mit einem Kumpel fast zwanzig Minuten zu spät kam? Wir waren naß bis auf die Haut, weil wir mit dem Moped in einen dicken Regenschauer gekommen waren.« Ich konnte mich trotz seiner eindrucksvollen Schilderung nicht mehr daran erinnern.

»Ich war mir ganz sicher, daß wir dafür eine ordentliche Strafpredigt kriegen mußten«, fährt Christian fort. »Ehrlich gesagt, wir hätten sie auch verdient. Weißt du noch, was du dann gesagt hast?«

Ich wußte es wirklich nicht mehr. »Du hast gesagt: ›Jungs, zieht erst mal eure nassen Klamotten aus und legt sie über die Heizung.‹ Und als wir dann in Unterhosen dasaßen, hast du uns einen heißen Tee gemacht. ›Damit ihr euch nicht erkältet.‹ Das vergess' ich dir nie.« Christian bestellt lautstark noch zwei Bier, stößt heftig mit mir an.

Vergebung bedeutet, einem Menschen zu verzeihen, was er an Schuld auf sich geladen hat. Vielleicht ist es in Bildern leichter zu beschreiben:

Vergeben ist wie

- eine verschlossene Tür, die endlich geöffnet wird
- eine Diskette, die fehlerhaft ist, neu zu bespielen
- einen Fehler mit dem Tintenkiller aus einer miesen Klassenarbeit löschen ...

Vielleicht hast du noch mehr Bilder?

Mir gibt zu denken, was Jesus in der Bergpredigt dazu sagt:

»Wenn ihr den Menschen ihre Verfehlungen vergebt, wird euer himmlischer Vater euch auch vergeben. Wenn ihr den Menschen nicht vergebt, wird euer Vater eure Verfehlungen auch nicht vergeben« (Mt 6,14 und 15).

Und ich erinnere manchmal auch daran, daß es im Gebet, das Jesus uns nahegelegt hat, im Vaterunser, sinngemäß heißt: *Und vergib uns unsere Schuld in der gleichen Weise, wie wir den Menschen vergeben, die uns etwas schulden.*

Vielleicht macht uns das ja etwas großzügiger als bisher, oder?

Verliebtsein

In Gerhard Schönes *»Mädchen aus Managua«* finde ich begeisterte Worte eines Verliebten:

Süße, kleine, fremde Schwester,
als ich dich ansah, dachte ich:
An dem Tag, als Gott dich formte,
war er wohl verliebt in dich!

Er nahm Lehm und klaren Honig,
junges Moos und hat fein sacht
daraus deinen ganzen Körper
bis zum kleinen Zeh gemacht.

Aus dem Schweif der schwarzen Stute
knüpfte er dein langes Haar,
rieb es ein mit Gold und Myrrhe,
daß es glänze wunderbar.

Aus dem Himmel am Äquator
nahm er ein Stück tiefe Nacht,
schmückte sie mit ein paar Sternen
und hat Augen dir gemacht.

Blitz und Donner, Sommerregen
und indianische Musik
und das Glitzern auf den Wellen
senkte er in deinen Blick.

Von dem Grunde der Lagune
suchte Gott zwei Fischlein aus
färbte sie mit Morgenröte,
machte Lippen dir daraus.

Dann hat Gott dich angesehen.
Das hat ihn so froh gemacht,
daß er einfach lachen mußte.
Davon bist du aufgewacht.

Gerhard Schöne

Eines der schönsten Liebeslieder, das ich kenne, ist im *Hohenlied der Liebe* (Altes Testament) zu finden. Ein junges Paar beschreibt wechselseitig voller Zärtlichkeit und *Verliebtsein*, welchen Gefallen der eine am anderen hat.

»Verzaubert hast du mich, Geliebte, ein Blick aus deinen Augen, und ich war gebannt. Wie glücklich du mich machst mit deiner Zärtlichkeit. Liebste, von deiner Liebe bin ich berauscht wie von Wein« (Hld 4,9 ff.).

Verliebt in Gottes gute und schöne Schöpfung – das ist der Liedermacher Gerhard Schöne ebenso, wie es die beiden jungen Leute mehr als 2500 Jahre vor ihm waren.

Wahrheit

Der Lehrer kommt in die Klasse, sieht Oliver an und sagt vor allen Schülern: »Ich habe deinen Vater gestern abend total betrunken in der Ennenfeldstraße herumtorkeln sehen.«

Oliver bekommt einen roten Kopf. Er hatte seinen torkelnden Vater gestern abend ins Bett gebracht. Laut sagt er: »Das ist völlig unmöglich. Mein Vater trinkt keinen Alkohol.«

Der berühmte Philosoph Immanuel Kant vertrat die Ansicht, daß man immer und in jeder Situation die Wahrheit sagen müsse. Jemand fragte ihn: »Stellen Sie sich vor, Herr Kant, ihr Freund kommt eines Nachts außer Atem zu Ihnen an die Tür und bittet Sie um Unterschlupf – die Polizei sei hinter ihm her und verdächtige ihn eines Verbrechens. Würden Sie ihn verstecken?«

Kant war dazu bereit. Wenn nun aber die Polizei käme und ihn frage, ob der Freund bei ihm versteckt sei, fragte derjenige weiter.

»Dann würde ich Ja sagen«, antwortete Immanuel Kant.

Wahrheit – was ist das?

Im Lexikon finden wir:

Wahrheit ist die Übereinstimmung eines Satzes mit den Tatsachen.

Wahrhaftigkeit ist die sittliche Tugend des Menschen, Reden und Handeln mit der inneren – als wahr erkannten – Überzeugung in Übereinstimmung zu bringen.

Lüge ist eine Äußerung, die auf Täuschung – wider besseres Wissen – aus ist. Sie verdreht Sprache und Zeichen, die dem geordneten Zusammenleben dienen, und erschüttert so Treue und Glauben. Letztlich wird dadurch menschliche Gemeinschaft aufgelöst, weil keiner einem anderen mehr trauen kann.

Mir gefällt gut, wie der Schweizer Dichter Max Frisch mit der Wahrheit umzugehen rät: »Man sollte dem anderen die Wahrheit wie einen Mantel hinhalten, daß er hineinschlüpfen kann, und sie ihm nicht wie einen nassen Lappen um die Ohren schlagen.«

Jesus sagt: *»Wenn ihr* **in meinem Wort** *bleibt, seid ihr in Wahrheit meine Jünger, und ihr werdet die Wahrheit erkennen, und die Wahrheit wird euch frei machen«* (Joh 8,31+32).

Eine Welt

»Was hab' ich damit zu tun?« Janine (19) ist aufgebracht, als ich davon erzählte, daß die Mehrzahl der Straßenkinder in Afrika und Lateinamerika das vierzehnte Lebensjahr nicht erreicht. Sie sterben vorher – an Hunger, an AIDS, an den Kugeln der Killertruppen, die regelrecht Jagd auf die Jungen und Mädchen in den großen Städten Brasiliens machen.

»Ich habe selber genug Probleme«, antwortet Janine. »Da kann ich mich mit deren Sorgen nicht auch noch herumschlagen.« Und in der Tat – Janine hat wirklich eine Menge am Hals. Ich nehme ihr nicht übel, daß sie so heftig reagiert. Wer persönlich so tief drin steckt, hat meistens für andere, denen es vielleicht noch schlechter geht, kein offenes Ohr. Was haben wir denn tatsächlich mit den Menschen in den Entwicklungsländern zu schaffen?

Eine Welt – statt Dritter Welt

Noch vor wenigen Jahren wurde die Welt eingeteilt in die erste, zweite und dritte Welt:

Zur *ersten Welt* zählten die reichen Industrieländer. Also auch unser Land.

Zweite Welt waren die früheren Ostblockstaaten, allen voran die Sowjetunion. Die *dritte Welt* waren die Länder, in denen wirtschaftliche Not herrscht, die sogenannten Entwicklungsländer.

Wir müssen miteinander begreifen lernen, daß unsere Welt ein Ganzes ist und daß wir in diese Entwicklung der Welt eingebunden sind. Zum Beispiel werden meine Turnschuhe in Taiwan hergestellt. Weil die Menschen dort wenig Lohn bekommen, sind meine Turnschuhe hier so preisgünstig. Was habe ich also mit der Dritten Welt zu tun?

Die folgenden Zeilen helfen uns hier vielleicht zu besserem Verständnis:

Ich war hungrig, und ihr habt gesagt »Bevölkerungsexplosion«.
Ich war krank, und ihr habt Missionskrankenhäuser gebaut, wo die Behandlung zu teuer für mich ist.
Ich war nackt, und ihr habt teure Kleider hergestellt, die ich mir nicht leisten kann.
Ich war obdachlos, und ihr habt Paläste für euch selbst und entwürdigende Hütten für mich gebaut.
Ich war zu Unrecht im Gefängnis, und ihr habt um Menschenrechte für euch selbst gekämpft.
Ich war durstig, und ihr habt Coca-Cola produziert, um meinen Durst auszubeuten.
Ich war ein Fremder, und ihr habt die Apartheid und das Kastensystem gegen mich angewandt.
O Herr, ich bin müde, ich kann es nicht mehr länger ertragen.
O Herr, gib mir die Kraft, die Welt zu verändern.

(Text nach Mt 25, V 35 ff. von Mar Osthatios, Südindischer Metropolit, Mai 1980)

Wiedergeburt
oder **Reinkarnation**

»Bitte nennen Sie mich nur R. Ich habe Angst, daß meiner Familie etwas passiert.« R. ist 18 Jahre alt und lebt seit fast drei Jahren in G. Aus Sri Lanka sind ihre Mutter und ihre Geschwister geflohen. Ihr Vater war dort von Regierungssoldaten erschossen worden, weil er »für Wahrheit und Gerechtigkeit geschrieben hat«.

R. ist meine Schülerin. »In meiner Klasse sind alle nett zu mir. Auch in der Jugendgruppe der evangelischen Gemeinde haben mich alle freundlich aufgenommen, obwohl ich Hindu bin.« Und dann erzählt sie uns, daß Hindus an die Wiedergeburt der Seele in einem anderen Menschen oder auch Tier glauben. »Wer sich in diesem Leben schlecht verhalten hat, dessen Seele kommt nach dem Tod – eine Stufe niedriger – in einen anderen Körper und muß darin weiterleben. Wenn er sich dort bewährt, klettert er beim nächsten Leben wieder eine Stufe höher. Ein Mensch wird solange wiedergeboren, bis er gut genug ist, daß er zu Gott kommen kann.«

»Das ist doch eine Quälerei«, meinte Ingo. »Ich wäre froh, wenn ich das endlich hinter mir hätte. Ich möchte nicht immer wiederkommen müssen.«

»Ja«, stimmt R. zu. »Für Hindus ist die Wiedergeburt kein Vergnügen, sondern eine Strafe. Jeder möchte so schnell wie möglich zu Gott kommen.«

Der Glaube an die *Wiedergeburt* der Seele, der in verschiedenen Religionen vorkommt (z. B. im Hinduismus), geht von dem Grundgedanken aus, daß Körper und Seele zwei Teile sind, die beim Tod getrennt werden. Die Körperhülle wird überflüssig und kann verbrannt werden. Die Seele wechselt in einen anderen Körper über und wird dort »wiedergeboren«. Dieser Vorgang kann sich über Jahrhunderte in immer neuen Körpern wiederholen. Die Seele soll auf die Vollkommenheit zuschreiten bis zu ihrem Ziel: Gott (Licht). Für diese »Seelenwanderung« gibt es in den verschiedenen Religionen unterschiedliche Begründungen, die im Kern jedoch ähnlich sind.

Immer mehr Menschen, gerade auch aus dem christlichen Glaubensbereich, scheint die *Wiedergeburt* wünschenswert zu sein. Anders als Hindus sehen sie darin offenbar keine Strafe, sondern eine Möglichkeit, Leben immer neu zu verlängern. Es noch einmal neu zu probieren.

Wiedergeburt in diesem Sinn hat mit christlichem Glauben nichts zu tun, der an die → **Auferstehung** glaubt.

☞ Wünschelrute

»Mein Opa hat neulich mit einer Wünschelrute in unserem Garten eine Wasserader gefunden. Wir haben an der Stelle einen Brunnen gebaut. Den können Sie sich gern selber ansehen.« Dann beschrieb Helmut genau, wie sein Opa in seinem Beisein einen gegabelten Zweig von einem Haselnußstrauch abgeschnitten habe. Anschließend sei er mit dieser Rute kreuz und quer durch den Garten gegangen. Die ganze Familie hätte gesehen, wie die Rute an einer bestimmten Stelle nach unten ausgeschlagen sei. Dort habe der Opa später solange gegraben, bis er auf Wasser gestoßen sei. »Glauben Sie, daß das etwas mit → **Okkultismus** zu tun hat?« fragte Helmut.

Die *Wünschelrute* ist meist ein gegabelter Hasel- oder Weidenzweig, der schon vor Jahrtausenden von Rutengängern benutzt wurde, um Wasser oder unterirdische Bodenschätze aufzuspüren. So soll der chinesische Kaiser Kuang-Jü vor etwa 4300 Jahren angeordnet haben, daß das Baugrundstück vor der Errichtung seines neuen Hauses von einem Priester oder Arzt mit Hilfe der Rute auf »böse Erdgeister« untersucht wird. Aus dem Altertum wird berichtet, daß die Wünschelrute gebraucht wurde, um etwas, das man sich wünscht, was aber dem Auge verborgen ist, aufzuspüren. Wer Glück hatte, fand etwas. Daher wurde die Wünschelrute auch »Glücksrute« genannt. Die Hochblüte erlebte das Rutengehen in den dreißiger Jahren und im Dritten Reich. Seit dieser Zeit sucht man auch nach krankmachenden Zonen.

Heute benutzen viele Rutengänger auch Ruten aus Metalldraht. Der Rutengänger hält die Wünschelrute mit beiden Händen in einem gespannten Zustand. Dann geht er eine Strecke ab. Sobald die Rute nach unten ausschlägt, vermutet der Rutengänger die gesuchte Wasserader oder andere Bodenschätze. Daher spricht man auch von »Muten«.

Die Wünschelrute wird auch in der »Naturheilkunde« eingesetzt, um durch »Erdstrahlen« verursachte Krankheiten aufzuspüren.

Kritik:

In vielen kontrollierten Großversuchen – zuletzt 1989/90 durch die Dr.-Carstens-Stiftung – wurde die **Unsinnigkeit** des Rutengehens international nachgewiesen. Die behaupteten physikalischen Strahlen gibt es nicht. Wasser tritt unter der Erdoberfläche nicht in **Adern,** sondern als Grundwasser flächig auf.

Der Ausschlag der Rute läßt sich wissenschaftlich erklären. Er wird durch unbewußte Muskelbewegungen des Rutengängers hervorgerufen und nicht durch äußere Einwirkungen (vgl. dazu auch → **Glasrücken**). Testversuche verschiedener Rutengänger über die gleiche Strecke brachten vollkommen unterschiedliche Ergebnisse.

Die »*Wünschelrute*« gehört sicherlich in den weiten Bereich des Okkultismus, weil es sich um verborgene, aber nur *angeblich* unerklärbare Erscheinungen handelt.

Warnung:

Vom Kauf von Geräten, die »krankmachende Erdstrahlen« abschirmen sollen, wird dringend abgeraten. Es ist hinausgeworfenes Geld!

☞ Zauberei

Bei diesem Stichwort mache ich immer deutlich, daß zwei Arten von Zauberei zu unterscheiden sind:

1. *Die magische Zauberei*

Unter Zuhilfenahme besonderer Gegenstände, Zauberformeln und Methoden werden von Okkult-Zauberern magische Handlungen ausgeführt.

Ziel dieser magischen Zauberei ist es, einen ganz bestimmten Zweck zu erreichen, z. B. Menschen durch Krankheiten zu schaden (Schadenszauber) oder Geister durch bestimmte Rituale und Zauberformeln zu beschwören und für eigene Zwecke dienstbar zu machen. Dahinter steckt offenbar der menschliche Wunsch, die Welt in den Griff zu bekommen.

hat etwas mit unterhaltsamen Tricks zu tun. Da werden Kaninchen aus dem Zylinder gezaubert, oder eine junge Frau wird in einen Kasten verfrachtet und in der Mitte durchgesägt. Anschließend steigt sie heil wieder aus dem Kasten heraus.

Zauberkunst – das ist Schnelligkeit, Fingerfertigkeit oder Täuschung unserer Wahrnehmung. Moderne Zauberer arbeiten auch mit besonderen Trickapparaten, Spiegeln oder computergesteuerten Lichteffekten. Mit Magie oder außersinnlichen Wahrnehmungen hat das alles nichts zu tun.

Die Okkult-Zauberer arbeiten nachweislich sehr häufig mit ähnlichen Tricks wie die »Zauberkünstler«. Im Gegensatz zu ihnen behaupten sie aber, mit »höheren Mächten« zusammenzuarbeiten.

Um die oft einfachen Tricks der Okkult-Zauberer zu entlarven, sind »Zauberkünstler« bestens geeignet.

Quellenhinweise

S. 10/11, 61/62, 114/115:
abgedruckt mit freundlicher Genehmigung des Autors.

S. 21, 27/28:
aus: Dorothee Sölle, Gott denken, Kreuz Verlag, Stuttgart 1990.

S. 33:
aus: A. Exeler, Gott, der uns entgegenkommt, Herder Verlag, Freiburg/Br. 1980.

S. 34/35:
abgedruckt mit freundlicher Genehmigung der Autorin.

S. 33/34, 68, 100:
aus: Bruno-Paul de Roeck, Dein eigener Freund werden, Burckhardthaus-Laetare Verlag, Offenbach 1983.

S. 49:
© Werner Küstenmacher, Gröbenzell

S. 50/51:
aus: Leo Buscaglia, Leben Lieben Lernen, Wilhelm Goldmann Verlag, München 1991.

S. 51/52:
aus: Günther Klempnauer, Ich will raus, R. Brockhaus Verlag, Wuppertal u. Zürich 1988.

S. 58/59:
aus: Hubertus Halbfas, Das dritte Auge, Patmos Verlag, Düsseldorf 1992.

S. 63:
© Jupp Wolter, Lohmar

S. 66:
aus: Michael Höhn, Asyl in D., Solange die hier keinen Ärger machen, Patmos Verlag, Düsseldorf 1992.

S. 69/70, 110/111:
aus: Michael Höhn, Dubbel, Verlag Cornelia Riedel, Emmendingen 1992.

S. 74/75:
aus: Tobias Brocher, Von der Schwierigkeit zu lieben, Kreuz Verlag, Stuttgart 1975.

S. 76:
aus: Martin Buber, Die Erzählungen der Chassidim, Manesse Verlag, Zürich 1949.

S. 83, 86:
abgedruckt mit freundlicher Genehmigung der AG-SOS Rassismus, Schwerte.

S. 96/97:
aus: Pinchas Lapide, Jesus, das Geld und der Weltfrieden, Gütersloher Verlagshaus, Gütersloh 1991.

S. 104:
aus: »Publik-Forum« Heft 8/89.

S. 106:
aus: Franco Rest, Den Sterbenden beistehen, Quelle & Meyer Verlag, Heidelberg, Wiesbaden 1991.

S. 108/109:
aus: James Thurber, 75 Fabeln für Zeitgenossen, Rowohlt Verlag GmbH, Reinbek 1967.

S. 118:
zitiert in: Klaus W. Linke, Jugendarbeit in der Volkskirche, Bd. II, AEJ Studienband 10, Stuttgart 1985.

S. 119:
© Löwensteiner Cartoon-Service, Bietigheim/Bissingen

Was heißt denn das?

Was heißt hier Halleluja?

Kleines ABC der Kirchensprache.
Buchstabiert von Bernhard v. Issendorff unter Mitarbeit von Günter Arras, Christine Finkbeiner u. a. 2. Auflage.
159 Seiten.
[3-579-01298-3] GTB 1298

Diese Frage nach der Bedeutung so mancher innerkirchlicher Fachbegriffe beantwortet dieses Buch. Auf leicht verständliche Weise werden die Bedeutungen von 121 Stichwörtern dargestellt: von »Abendmahl« über »Bestattung«, »Bischof«, »Fastnacht«, »Fundamentalismus« bis hin zu »Synode«, »Wunder« und »Zungenrede«.

Gütersloher
Verlagshaus

Lesen mit Vergnügen

Weltrekord in sechs Tagen

und andere Geschichten für junge Leute. 2. Auflage. 92 Seiten.
[3-579-00828-5] GTB 828

Mit höchst unterschiedlichen und eigenwilligen, kurzen Erzähltexten hat Hanns Baumeister eine interessante und vielseitige Lektüre für Jugendliche zusammengestellt.
In den amüsanten und ebenso spannenden wie nachdenklich stimmenden Geschichten klingt die Frage nach tieferem Lebenssinn an.

Goldmedaille am siebten Tag

Neue Geschichten für junge Leute.
Hg. von Hanns Baumeister.
95 Seiten.
[3-579-00832-3] GTB 832

Gütersloher
Verlagshaus